www.ingramcontent.com/pod-product-compliance
Lightning Source LLC
LaVergne TN
LVHW010413070526
838199LV00064B/5284

سپنوں کے ساحل پر

(افسانے)

مصنف:

انور ظہیر رہبر

© Anwar Zaheer Rahbar

Sapno ke Saahil par (Short Stories)

by: Anwar Zaheer Rahbar

Edition: November '2023

Publisher :

Taemeer Publications LLC (Michigan, USA / Hyderabad, India)

ISBN 978-93-5872-832-3

9 789358 728323

مصنف یاناشر کی پیشگی اجازت کے بغیر اس کتاب کا کوئی بھی حصہ کسی بھی شکل میں بشمول ویب سائٹ پر اَپ لوڈنگ کے لیے استعمال نہ کیا جائے۔ نیز اس کتاب پر کسی بھی قسم کے تنازع کو نمٹانے کا اختیار صرف حیدرآباد (تلنگانہ) کی عدلیہ کو ہو گا۔

© انور ظہیر رہبر

کتاب	:	**سپنوں کے ساحل پر** (افسانے)
مصنف	:	**انور ظہیر رہبر**
جمع، ترتیب و تدوین	:	اعجاز عبید
صنف	:	فکشن
سالِ اشاعت	:	۲۰۲۳ء
صفحات	:	۵۰
سرورق ڈیزائن	:	تعمیر ویب ڈیزائن

فہرست

(۱)	شکنیں	7
(۲)	اب تک تھی کہاں۔۔۔	9
(۳)	سپنوں کے ساحل پر	13
(۴)	ہاتھ سے جنت بھی گئی۔۔۔	14
(۵)	۲/۳ حصہ	19
(۶)	پوسٹر والا	26
(۷)	کچھ بھی حرف آخر نہیں ہوتا	31
(۸)	بند مٹھی	42
(۹)	سینے سے جھانکتا دل	48

تعارف

سید انور ظہیر رہبر عرصہ دراز سے جرمنی میں مقیم ہیں۔ جہاں کئی زبانوں پر انہیں عبور حاصل ہے وہیں وہ جرمنی میں علم و ادب کے حوالے سے فعال کردار ادا کرنے میں مصروف بہ کار بھی ہیں۔ وہ ہمہ جہت ادیب ہیں، شاعر ہیں، افسانہ نویس اور کالم نگار ہیں۔ ان کے افسانوں میں مضمر کہانیاں انسانیت کی بقاء اور زندگی کی تگ و دو اور صعوبتوں کی عکاسی کرتی ہیں۔ سماج میں رونما ہونے والی چھوٹی بڑی برائیاں اور جذبوں کے سفاکانہ ظلم و بربریت پر انور ظہیر گہری نظر اور عمیق مشاہدہ رکھتے ہیں۔

انور ظہیر رہبر کی شاعری اور افسانوں کے کئی مجموعے شائع ہو چکے ہیں۔ زیر نظر مجموعہ "سپنوں کے ساحل پر" ان کے چند منتخب افسانوں پر مشتمل ہے۔

(۱) شکنیں

"سنی!!تم بغیر استری کی شرٹ مت پہنا کرو"۔

آج نیلا نے یہ بات کلاس میں مجھ سے کہی تو مجھے یوں لگا جیسے وہ میرا مذاق اڑا رہی ہے۔ میں نے اس کے جواب میں خاموشی اختیار کر لی- میں سوچنے لگا کہ یورپ میں زندگی گزارنا کس قدر مشکل ہوتا ہے۔ پڑھائی کے ساتھ ساتھ کام کرنا اور دونوں چیزوں کو یکساں وقت دینا کتنا مشکل ہے۔ پھر ایسے میں بھلا آدمی کپڑوں کا کیا خیال کرے گا۔ استری کرنا کپڑوں میں اتنا ضروری تو نہیں۔ ہاں پاکستان میں تھا تو بغیر استری کیے کپڑے پہنے کا سوال ہی پیدا نہیں ہوتا تھا۔ مگر یہاں کہاں۔ سارا کام خود کرنا۔

"ارے کیا تم ناراض ہو گئے ؟"نیلا نے مجھے خاموش دیکھ کر دوبارہ سوال کیا۔

"نہیں مجھے ناراض ہونے کی عادت ہی نہیں ہے"۔

"پھر تم کیا سوچ رہے ہو، میں نے تو یہ سب کچھ اس لئے کہا تھا کہ تمہیں یاد ہو گا پرسوں ہمارے ٹیچر نے بھی تمہیں کہا تھا"۔

نیلا کا بھی تعلق ایشیا کے ایک غریب ملک برما سے تھا اور وہ مسلمان بھی تھی۔ اردو بھی بول لیتی تھی۔ اس لئے وہ اپنا فرض سمجھتی تھی یہ ساری باتیں بتانا۔

"ہاں۔ ہاں" میں نے کہا۔ "ٹیچر نے معذرت بھی تو کر لی تھی۔ بہر حال چھوڑو، تمہیں میری قمیض کی شکنیں نظر آ گئیں لیکن میرے اندر کی شکنیں نظر نہ آئیں"۔

"کیا کیا؟ سنی میں کچھ سمجھی نہیں ؟"۔ اسے اردو اتنی اچھی آتی بھی نہ تھی۔ اکثر

گھنٹوں گھنٹوں فون پر مختلف لفظوں کا مطلب پوچھا کرتی تھی۔ اپنی اردو ٹھیک کر رہی تھی۔

"نیلا! وقفے میں بات کریں گے"۔ میں نے اسے خاموش رہنے کا اشارہ کیا اور ٹیچر کی طرف متوجہ ہو گیا۔ وقفے میں اس نے پھر بات چھیڑی۔

"بتاؤ کیا کہہ رہے تھے"۔ میں نے بولنا شروع کیا۔

"نیلا! میں بڑی مسافت طے کر کے یہاں تک پہنچا ہوں۔ اپنی تعلیمی پیاس بجھانے کے لئے نہ جانے کہاں کہاں پھرا ہوں۔ اپنے وطن کے ہر ایک شہر میں چاہا، کوشش کی لیکن داخلہ ہی نہ ہوا، کیوں کہ کوئی بڑی سورس نا تھی، اور اب ہاں اب ساری محبتوں، ساری چاہتوں کی قربانی دے کر دیار غیر میں آ بیٹھا ہوں۔ اب صرف ہاں اب صرف وہی منزل میرے سامنے ہے جس کی روشنی میں نے بچپن میں دیکھی تھی"۔

میرے جواب کو سن کر اس نے ایک لمبی سانس لی۔ "ہاں تم ٹھیک کہتے ہو، خوب تمھارے خیالات اچھے ہیں۔ میں نے صرف اس لئے کہا تھا سنی کہ یہ یورپ والے ہمیں کمتر سمجھتے ہیں اور ہم بتانا چاہتے ہیں کہ ہم ان سے کسی طرح کم نہیں ہیں"۔

"تمہارا کہنا بھی ٹھیک ہے"۔

میں نے جواباً کہا اور اپنا بیگ اٹھا کر آج جلدی گھر چلا آیا۔

(۲) اب تک تھی کہاں۔۔۔

میں ساحل سمندر کے کنارے بیٹھا سمندر کی گیلی اور دلدلی مٹی سے کھیل رہا تھا۔ سمندر کی پر شور اور بے تاب لہریں کسی الھڑ دوشیزہ کی مانند اچھل اچھل کر اٹھکھلیاں کرتے ہوئے مجھ سے ٹکرا رہی تھیں اور میں اپنی پر ہیجان کیفیت میں پانی کے لمس کو ایسی ہی کسی دوشیزہ کے ہونٹوں کا لمس محسوس کر رہا تھا۔ مجھے ہمبرگ سے آئے ہوئے پندرہ دن ہوئے تھے اور یہاں تقریباً آٹھ دن سے میں ہٹ میں مقیم تھا۔ میں جاتا بھی کہاں، پورا کراچی شہر شور شرابے میں ڈوبا ہوا نظر آتا ہے۔ اور مجھے تنہائی و سکون کی تلاش پیراڈائیز پوائینٹ کی اس ہٹ تک کھینچ لائی تھی۔۔۔۔۔۔۔۔۔۔

ویسے بھی کراچی شہر کی روشنیاں میرے لئے اجنبی نہ تھیں۔ میں ساحل پر بیٹھا وقت گزار رہا تھا اور شاید اس کے غیر ارادی انتظار میں ---جو میرے ہٹ سے چوتھے ہٹ میں مقیم تھی۔ میں اسے کئی دنوں سے دیکھ رہا تھا۔ وہ تنہا تھی اور میں بھی۔ میں اور وہ اکثر شام کے وقت ساحل کے اسی کنارے آتے اور وہ مجھ سے کچھ فاصلے پر بیٹھی بھیگتی رہتی۔ سمندر کی لہروں سے کھیلتے ہوئے میں بھی کبھی اس کے قریب پہنچ جاتا، وہ مسکرا کر دیکھتی اور پھر سمندر کی لہریں مجھے گھسیٹ لے جاتیں---- آج بھی میری آنکھیں اس کی متلاشی تھیں-----

سورج اپنی کرنوں کو سمیٹ کر چھپ گیا تھا اور چاند اپنے حسن کے ساتھ جلوہ گر ہو رہا تھا، لیکن میں آج اپنے غمناک آنکھیں لیکر وہاں سے اٹھ گیا---- آج دوسرے دن بھی وہ نہ آئی تو میں یہ سمجھنے پر مجبور ہو گیا کہ وہ شہر واپس جا چکی ہے -----ہوں------ میں

نے ٹھنڈی سانس لیتے سوچا، میں بھی کتنا احمق ہوں، چند شام سمندر پر ملاقات ہوگئ تو میں اس کا منتظر ہو گیا--------میں تو نہ جانے کس کے انتظار میں ہمبرگ میں وقت گزارتا رہااور پھر اسی کی تلاش میں پاکستان چلا آیا، نہ جانے مجھے کس کی تلاش ہے-میں نے خود سے سوال کیا-

تیسری شام اچانک وہ مجھے نظر آئی، مگر ساحل سمندر پر نہیں بلکہ اپنے ہٹ کے بر آمدے میں ایزی چیئر پر بیٹھی جھول رہی تھی-ڈوبتے ہوئے سورج کی ترچھی کرنیں اس کے چہرے پر پڑتی ہوئی عجیب منظر پیش کر رہی تھیں۔ سورج کی گستاخ کرنوں پر وہ بھنویں سکیڑ کر یوں بیٹھی تھی جیسے کرنوں کی گستاخی اسے گراں گزر رہی ہو۔ اگرچہ چہرے پر زلفیں بکھری ہوئیں تھیں لیکن ناکافی چلمن سے اس کا چہرہ جھانک رہا تھا-میرے قدم غیر ارادی طور پر اس کے ہٹ کے جانب اٹھ گئے، میں جب تک قریب پہنچاوہ سورج کی کرنوں کی وجہ سے اپنا چہرہ کتاب سے ڈھانپ چکی تھی اور اسی لئے شاید اس نے مجھے آتے ہوئے نہیں دیکھا-

میں نے ذرازور سے آداب کہاتو وہ اچانک ہڑبڑا اٹھی۔ میرے چہرے پر اک نظر ڈالی لیکن خاموش رہی۔ میں نے ہمت سے کام لیتے ہوئے کہا، آپ کے آرام میں مخل ہوا معافی چاہتاہوں، میں تو بس صرف یہی پوچھنے آیا تھا کہ آپ تین چار دن سے ساحل پر نظر نہیں آ رہی ہیں خیریت تو ہے----میں اک ہی سانس میں سب کچھ کہہ گیا- آپ بیٹھیں تو مسٹر------نہال میں نے لقمہ دیا-جی شکریہ کہہ کر میں سامنے والی کرسی پر بیٹھ گیا۔ کچھ دیر خاموشی رہی پھر اس نے اپنے لب کو حرکت دی، ذرا مجھے حرارت ہوگئ تھی، سمندر کے پانی میں بھیگنے سے، اس لئے میں اپنے ہٹ میں آرام کر رہی ہوں۔ اب کیسی طبعیت ہے، میں نے پوچھا—ہاں اب تو بہتر ہوں۔۔ اک مختصر ساجواب آیا۔ اور پھر خاموشی کا اک

طویل سلسلہ چل نکلا، شاید ہم دونوں ہی اپنے اپنے خیالات کے محتاط اظہار کے لئے لفظوں کے جوڑ توڑ میں مصروف تھے۔ مجھ سے زیادہ دیر خاموشی برداشت نہ ہو سکی اور میں سے اس سلسلے کو توڑا، معاف کیجے گا محترمہ ------

میں نے بولنے کے لئے لب کھولا ہی تھا کہ اب کی بار اس نے لقمہ دیا۔ جی میرا نام نوشی ہے !!" بہت پیارا نام ہے آپ کا" میرے منہ سے بے اختیار نکلا- جی شکریہ، اس نے اپنے نام کے سراہنے جانے کا قطعی برا نہ منایا- غالباً اس نے جذبے کی اس لطافت کو محسوس کر لیا تھا جو میرے دل میں اس کے قیمتی وجود کیلیۓ جنم لے چکا تھا- کیا میں پوچھ سکتا ہوں کہ آپ اس ہٹ میں اتنے دن سے تنہا کیوں مقیم ہیں-

ابھی میرا سوال مکمل ہوا ابھی نہیں تھا کہ نوشی بول پڑی، اگر یہی سوال میں آپ سے کروں تو------ مجھ سے یہ سوال نہ ہی کریں تو----- اچھا جی میں آپ سے کچھ نہ پوچھوں اور آپ مجھ سے سب کچھ دریافت کر لیں۔ اس نے اپنے شوخ انداز میں کہا کہ میں مسکرائے بغیر نہ رہ سکا۔ نہیں ایسی کوئی بات نہیں میں نے زیر لب کہا، میں دراصل لاابالی اور تنہائی پسند انسان ہوں، یہ سب کچھ دراصل اسوجہ سے ہے کہ میری زندگی میں اک خلاء ہے جسے پر کرنے والا مجھے کوئی نظر نہیں آتا---- او---- میرے خاموش ہونے پر وہ بولی، میں دراصل رنگینیوں اور شور سے پیچھا چھڑانے کے لئے یہاں مقیم ہوں، میں امریکہ سے یہاں آئی ہوں اور پرسوں واپس جا رہی ہوں -نوشی نے بات مکمل کی۔

دیکھیں یہ بھی کتنی مشترک بات ہے میں بھی جرمنی سے آیا ہوں اور جلد ہی واپس چلا جاؤں گا۔ پھر تو ہماری منزل بھی جدا جدا ہے، نوشی نے جواباً کہا- بات بڑھتی ہی چلی جا رہی تھی سو میں نے بات کو مزید آگے بڑھاتے ہوئے کہا---وہ تو ہماری وقتی منزل ہے، اصل منزل تو ہماری یہ سرزمین ہے، جس سرزمین کی کوکھ سے ہم نے جنم لیا ہے- کیا آپ پاکستان

میں گھر بسانا نہیں چاہتیں؟ میں تو اسی مقصد سے آیا تھا لیکن ۔۔۔۔۔
میں نے اک منٹ کے توقف کے بعد پھر سے بولنا شروع کیا، میں ہمبرگ میں ۵ سال سے ہوں لیکن ایسی کوئی بات نہیں ہوئی، کیونکہ میں جانتا تھا کہ میری سرزمین جس نے مجھے جنم دیا ہے وہیں میرے قسمت کا فیصلہ بھی ہو گا اور شاید مجھے وہ مل گیا جس کی مجھے تلاش تھی ایسی ہی سکون اور تنہا پسند۔۔۔۔۔ ہاں میں بھی کسی ایسے ہی حادثے کی امید میں پاکستان آئی تھی۔۔۔۔۔۔۔۔۔ اس نے سر جھکا کر آہستہ سے کہا۔

(۳) سپنوں کے ساحل پر

تم سپنے دیکھتے ہو؟ ہاں! مت دیکھا کرو کیوں؟ سپنے وقت کو بہا لے جاتے ہیں ہاں یہ ٹھیک ہے لیکن اس بہتے وقت میں ہم بہت کچھ دیکھ لیتے ہیں کیا دیکھنے سے تسکین ہو جاتی ہے؟ ہاں بالکل۔

۔۔۔ نہیں! صرف دیکھنے سے وہ بھی سپنے میں ارے یہ بھی تو سوچو، حقیقت میں جو دیکھ چکے ہوتے ہیں وہی تو سپنے میں نظر آتے ہیں ہمیشہ تو ایسا نہیں ہوتا ہاں ہمیشہ نہیں لیکن زیادہ تر مگر جذبوں کی تسکین جو حقیقت میں۔۔۔۔۔ ہاں جو حقیقت میں نہیں کر پاتے وہی سپنوں میں کرتے ہیں جذبوں کی تسکین سپنے میں تو نہیں ہو سکتی لیکن ان جذبوں کی نوخیزی کو کسی حد تک قرار آ جاتا ہے! کیا زندگی سپنوں میں ہی گزار رہے ہو؟ زندگی کو جیتا جاگتا رکھنے کے لئے سپنے ضروری ہیں زندگی کی تلخیاں بھی تو۔۔۔۔۔۔۔

ہاں لیکن یہ کیا کم ہے سپنوں سے دل بہل جاتا ہے مگر محبت دل بہلانے کو تو نہیں کہتے میرے نزدیک دل بہلانا ہی محبت ہے کم ہمت ہو نہ اس لئے شائد!!

تو پھر محبت کرنا چھوڑ دو! مگر اس کے بغیر زندہ کیسے رہوں گارہ لیتے ہیں لوگ نہیں! میں نہیں رہ سکتا نہیں رہ سکتے تو محبت کو حقیقت کا رنگ دو، محبت کو سپنوں میں مت گزارو اب تک۔۔۔۔۔

(۴) ہاتھ سے جنت بھی گئی۔۔۔

اُس کے لبادہ کے چیتھڑے اڑ چکے تھے، سر دھڑ سے جدا ہو چکا تھا، عجیب سا دھماکا ہوا تھا بہت زور کی آواز ہوئی تھی، اس کے تن کے خون کا رنگ بھی سیاہ ہو گیا تھا جیسے خون میں آکسیجن کی آمیزش بند ہو گئی ہو، پھر بھی اس کا جسم کانپ رہا تھا جیسے ابھی کوئی رمق باقی ہو۔ ہر طرف اندھیرا چھا چکا تھا ایسے میں اُسے لگ رہا تھا جیسے کوئی اُس سے کچھ پوچھ رہا ہو۔ "یہ تم نے کیا کیا؟" "میں نے! میں نے تو کچھ بھی نہیں کیا۔" اُس نے اُس انجانی آواز کو جواب دیا۔ "لیکن پہلے یہ تو بتاؤ تم ہو کون اور تم مجھ سے اس قسم کا سوال کیوں کر رہے ہو؟" اُس نے اُس انجانی آواز سے پوچھا۔ "میں، میں تو موت کا فرشتہ ہوں اس لئے تم مجھے بالکل صحیح جواب دو۔"

"کیا تم موت کا فرشتہ۔۔۔۔۔۔" ڈر سے اس کا جواب بھی ادھورا ہی رہ گیا۔۔ موت کے فرشتے نے اپنا سوال پھر سے دہرایا۔ "ہاں بتاؤ یہ تم نے کیا کیا؟ تم نے آخر ان معصوموں کی جان کیوں لی؟ کیوں بے قصوروں کو تم نے اس بے دردی سے مار ڈالا، اور ساتھ ہی ساتھ اپنی بھی جان لے لی۔۔ آخر کیوں؟"

"میں نے۔۔۔ میں نے" وہ خوف سے ہکلا رہا تھا۔ "موت کا فرشتہ پھر بولا۔ "اچھا یہ تم ڈر کیوں رہے ہو؟ ڈرنا تو تم کو اُس وقت چاہیے تھا جب تم نے اپنے جسم میں بم باندھا تھا، اب کیوں؟ اب تو تم مر چکے ہو، اب کیسا ڈرنا؟"

"میں مر چکا ہوں تو تم مجھ سے اتنے سوال کیوں کر رہے ہو؟ مجھے تو میری تنظیم نے

بتایا تھا کہ ایسا کرنے سے میں سیدھا جنت میں جاؤں گا، پھر یہ سوال جواب کیوں؟ تم موت کا فرشتہ ہو تو مجھے فوراً جنت میں لے کر چلو۔۔۔"

"ہاہاہا۔۔" موت کے فرشتے نے اُس کی یہ بات سن کر بہت زور سے قہقہہ لگایا۔۔ "آہا تم جنت میں جانا چاہتے ہو، بہت خوب، معصوم بچوں، عورتوں اور مردوں کو ناحق قتل کر کے تم جنت میں جانا چاہتے ہو، ارے تم نے تو اپنے جسم کا بھی خیال نہ رکھا جو خدا نے تمھیں امانت کے طور پر دیا تھا اور اس خودکش حملے میں خود کی بھی جان لے لی اور کہتے ہو کہ جنت میں جاؤ گے۔"

"ہاں مجھے جنت میں لے چلو۔۔۔۔۔ میری تنظیم نے مجھ سے یہی کہا تھا کہ ایسا کرنے پر مجھے فوراً جنت میں داخل کر دیا جائے گا۔"

"اچھا یہ تم بار بار میری تنظیم میری تنظیم کی رٹ کیوں لگا رہے ہو، آخر یہ تنظیم ہے کون؟ یہ تو بتاؤ۔۔" موت کے فرشتے نے سوال کیا۔ "نہیں نہیں میں نہیں بتا سکتا اپنی تنظیم کا نام۔"

"اچھا یعنی کہ تم اب بھی اپنی تنظیم کے وفادار ہو؟"

"ہاں میں وفادار ہوں، کیونکہ انھوں نے مجھے بہت کچھ بتایا تھا، بہت سارے وعدے کیے تھے انھوں نے مجھ سے۔"

"آہا، اچھا یہ تو بتاؤ کیا وعدے کیے تھے؟

"بتا تو رہا ہوں، تم مجھے جنت میں لے چلو میں تم کو سب کچھ بتا دوں گا۔"

"جنت میں اور تم کو؟" موت کا فرشتہ پھر عجیب سے انداز میں ہنسا۔ "ارے تم تو ایسے گنہگار قاتل ہو جس کا جسم بھی مکمل نہیں، سر دھڑ سے الگ ہے، بازوں پیروں کا کچھ پتہ نہیں ہے، میں تمہیں کہاں کہاں سے اکٹھے کروں، تم تو تم ہو ہی نہیں، اتنی بکھری

لاشوں میں تو اب تفریق کرنے کو بھی نہیں ہے، جب تمھارے مکمل وجود کا پتہ ہی نہیں ہے تو تم اس حالت میں جنت میں کہاں جاسکتے ہو۔ یہ تو تم بھول جاؤ۔"

" ایسا کیسے ہو سکتا ہے مجھے تو یہ بتایا گیا تھا کہ میرا جس مذہب سے تعلق ہے اُسکے لوگ ایسا کرنے پر بھی جنت میں چلے جاتے ہیں۔"

" آہ کاش تم نے مذہب کو سمجھا ہوتا۔۔ مذہب، دنیا میں تو ایسا کوئی مذہب ہے ہی نہیں جو معصوم انسانوں کی جان لینے کی تبلیغ کرتا ہو، چہ جائکہ تمہارا مذہب، اور کوئی مذہب یہ بھی نہیں کہتا کہ ایسا کرنے والے کو جنت ملے گی۔"

"لیکن میں کیا کرتا مجھے تو اور کچھ سمجھ میں نہیں آیا، انہوں نے مجھ سے کہا تھا کہ میں ایسا کروں گا تو میرے گھر والوں پر سے غریبی کا سایہ اٹھ جائے گا اور سب ٹھاٹ کریں گے۔ اور دوسری طرف جنت بھی ملے گی، سو میں نے یہ قربانی دے دی۔"

" اچھا یعنی دنیا کی زندگی اور موت کے بعد کی زندگی۔۔۔ دونوں چیزوں کا وعدہ کیا تھا تمہاری تنظیم نے ؟"" ہاں میرا تعلق غریب گھرانے سے ہے، بڑی محنت کر کے میں اپنے دوسرے بھائی بہنوں کا اور ماں کا پیٹ پالتا تھا، انھوں نے وعدہ کیا ہے کہ میرے بعد وہ میرے گھر والوں کا بہت خیال رکھیں گے اور وہ لوگ وہاں ٹھاٹ کریں گے اور میں یہاں جنت میں۔۔۔"

" آہ کاش ایسا ہی ہوتا۔۔ لیکن تم کتنے احمق ہو! محنت مزدوری کر کے خود اور اپنے گھر والوں کو پالتے رہتے تو شاید محنت کر کے تم ایک دن اچھے دن بھی دیکھ لیتے۔ لیکن۔۔۔"

"لیکن کیا ہوا۔۔ میرے بعد میرے گھر والے تو دیکھ رہے ہوں گے اچھے دن۔"

" تمھیں یقین ہے کہ وہ ایسا ہی کریں گے ؟"

"ہاں کریں گے وہ تو اُس وقت سے ہی کرنا شروع کر دیا تھا جب میں اس حملے کی ٹریننگ لے رہا تھا۔"

"اچھا، پر اب وہ ایسا کچھ نہیں کر رہے ہیں۔"

"نہیں نہیں وہ ایسا ہی کر رہے ہوں گے، میرے گھر والے اب ٹھاٹ سے زندگی گزار رہے ہوں گے۔"

"اچھا اگر تمھارا یہی خیال ہے تو کچھ دن تک یہیں پڑے سڑتے رہو۔۔ میں پھر بعد میں آؤں گا۔" یہ کہتے ہی اچانک موت کے فرشتے کی آواز آنا بند ہو گئی۔ "سنو تو۔۔۔ تم سنو تو۔۔۔"وہ آواز دیتا ہی رہ گیا۔ اُسے ایسا لگ رہا تھا جیسے کوئی لمبی خاموشی چھا گئی ہو۔۔۔ اک لمبا عرصہ تیزی سے گزر گیا ہو۔۔۔ موت کا فرشتہ ابھی تک واپس کیوں نہیں آیا۔۔۔ جس موت کے فرشتے سے اُسے پہلے ڈر لگ رہا تھا وہ اب اُسی کا بے چینی سے انتظار کر رہا تھا۔۔۔ پھر اسے لگا کہ کچھ ہو رہا ہے۔۔۔۔ "کوئی ہے یہاں کیا؟" اُس نے آواز لگائی۔ "ہاں میں ہوں۔۔ میں واپس آ گیا ہوں۔"

موت کے فرشتے نے جواباً کہا۔ "آؤ میرے ساتھ چلو، میں تم کو لے کر چلتا ہوں تمھارے خاندان کے پاس، تم خود دیکھ لینا کہ تمھارے گھر والے کس طرح ٹھاٹھ سے زندگی گزار رہے ہیں۔"

موت کے فرشتے نے بات ختم کی ہی تھی کہ اُسے ایسا لگا جیسے وہ بڑی تیزی سے کسی اونچائی سے نیچے کی جانب جا رہا ہو۔ "ارے ارے یہ تم کہاں لے جا رہے ہو۔"

"چلو تو میں دکھاؤں تم کو۔۔۔"

"ارے ارے مجھے یاد آ رہا ہے۔۔ یہ تو یہ تو میرے گھر کے قریب کا علاقہ ہے۔"

"ہاں یہ تمھارے گھر کے قریب کا ہی علاقہ ہے، دیکھو اُس شخص کو پہچانتے ہو؟"

"ہاں ہاں یہ تو میرا چھوٹا بھائی ہے جو اسکول میں پڑھتا تھا۔۔ ہاں دیکھو وہ کیا کر رہا ہے۔۔۔ ٹریفک سگنل پر کھڑی گاڑیوں کے درمیان چل چل کر ہاتھ پھیلا رہا ہے۔"

"ارے کیا یہ بھیک مانگ رہا ہے؟"

"ہاں دیکھا تم نے، اور دیکھو گے۔۔۔ آگے چلو۔۔۔ وہ دیکھو اُس عورت کو جانتے ہو؟" "ارے ہاں یہ تو میرا ہی گھر ہے اور یہ میری ماں ہے۔ اس کو کیا ہوا ہے؟ یہ بستر سے کیوں لگ گئی ہے؟ اتنی بیمار لگ رہی ہے۔ ارے یہ تو درد سے تڑپ رہی ہے اس کو کوئی دوا کیوں نہیں دیتا؟" "ہاں دیکھ لیا تم نے اپنے خاندان کے ٹھاٹ۔"

"او میرے خدا۔۔۔ یہ سب میں کیا دیکھ رہا ہوں، میں جب زندہ تھا تو میری محنت سے گھر تو چل رہا تھا، روکھی سوکھی میں گزارا تو ہو ہی رہا تھا۔۔۔ کم از کم بھیک مانگنے کی ضرورت تو نہیں آئی تھی۔۔۔۔ یا خدا یہ کیا ہوا یہ میں نے کیا کیا۔۔"

وہ چیخ پڑا۔ "نہیں۔۔" اچانک سے اُسکے جسم میں حرارت پیدا ہو ئی۔۔۔ خون کا رنگ پھر سے سرخ ہونے لگا، جیسے کہ آکسیجن کی ملاوٹ پھر سے شروع ہو گئی ہو۔۔ لیکن جسم کی کپکپی میں کوئی کمی نہیں آرہی تھی۔۔ اُس نے اپنے آپ کو چھونا شروع کیا۔۔ ارے میرے ہاتھ پاؤں، سر سبھی سالم ہیں۔۔۔ میں تو شاید سانس بھی لے رہا ہوں۔۔۔ او میرے خدا۔۔۔ یہ میں کیا کوئی خواب دیکھ رہا تھا؟۔۔۔ او ہاں یہ اک خواب ہی تھا کتنا بھیانک خواب۔۔۔ او میرے خدا یہ میں کیا کرنے جا رہا تھا۔۔۔؟ پھر عامر جان اپنے خاندان کو لے کر نہ جانے کو نسی بستی میں چلا گیا۔۔۔ کسی کو کچھ بتائے بغیر۔۔۔ شاید تنظیم کے ڈر سے۔۔۔۔

(۵) ۳ / ۲ حصہ

میں بچپن سے ہی انقلابی تھا اور ہمیشہ اپنے ساتھ یا کسی دوسرے کے ساتھ زیادتی برداشت نہیں کرتا تھا۔ بھائی بہن میں بھی اگر کسی کو اچھی چیز ملتی اور مجھے نہیں تو میں اس زیادتی کے خلاف بہت احتجاج کرتا۔ اسی انقلابی اور زیادتی کے خلاف بغاوت نے مجھے آج اس دیار غیر تک پہنچادیا ہے۔

آج میں جرمنی آکر سوچ رہا ہوں کہ پچھلے دو سال سے میں یہاں ہوں، یہ دو سال میں نے کیا کئے؟ کچھ بھی تو نہیں۔ پورے دو سال میرے ضائع ہو گئے اچھے دنوں کی امید میں۔ تقریباً ایک سال کی مشقت کے بعد تو میں یہاں تک پہنچا تھا۔ کتنا عذاب تھا یہ سفر بھی۔ کاش میں باغی طبعیت کا نہ ہوتا تو اپنے ہی ملک میں رائج نظام میں کہیں فٹ ہو چکا ہوتا۔

لیکن اب افسوس کا کیا فائدہ اب تو میں اپنے ملک کو چھوڑ چکا ہوں۔ اور اگر نہیں چھوڑتا تو پھر اپنی جان سے تو ہاتھ دھو ہی چکا ہوتا۔ میں کیا کرتا میرے پاس اور دوسرا کوئی راستہ بھی تو نہیں تھا۔

اے کاش میں۔۔۔۔۔۔۔نہ جانے میرے ذہن میں کیا ہل چل تھی۔ میرا ماضی کسی فلم کے سین کی طرح پردہ پر چل رہا تھا۔

چک نمبر ۵۹ میں جب میں نے رحیم دین کے گھر آنکھ کھولی تو میری ماں بتاتی ہے کہ میں بہت خوبصورت بچہ تھا۔ گاؤں کی دوسری عورتیں آ آکر مجھے دیکھتی تھیں اور بلائیں

لیتی تھیں کہ کتنا خوبصورت بچہ ہے یہ۔ اور یہ بھی کہتی تھیں کہ ایک نہ ایک دن یہ ضرور کوئی بڑا آدمی بنے گا۔ کاش انکی دعائیں خدا سن لیتا۔ لیکن ایسا ہوا نہیں۔ میں ایک غریب کسان رحیم دین کے گھر میں پل بڑھ رہا تھا۔

باپ دن بھر کھیت میں ہل جلاتا اور مجھے اسکول بھیجتا کہ میں چند جماعتیں پڑھ لوں۔ بہن کلثوم کو تو اسکی بھی اجازت نہیں تھی۔ بچاری صرف گھر سے کھیت اور کھیت سے گھر ہی کرتی رہتی تھی۔ باپ کو کھانا پہنچانا، کھیتوں میں پانی دینا، یہی اس کا روز کا معمول تھا۔

آٹھویں جماعت جب میں پڑھ لی تو باپ نے میرا بھی اسکول جانا چھڑا دیا یہ کہہ کر کہ اب مجھے بھی اس کے ساتھ کھیت میں اس کا ہاتھ بٹانا ہو گا۔ کھیتی باڑی کرنا ہو گی۔ مجھے اپنے محنتی باپ کے ساتھ کام کرنے میں کوئی عذر نہیں تھا۔ میں بھی صبح سے شام تک باپ کے ساتھ مل کر کھیتی باڑی کرتا تھا۔

ہماری ۹ مرلہ زمین تھی۔ یوں ہم کوئی بہت بڑے کسان نہیں تھے۔ کھیتی باڑی میں ہم لوگ موسم کے لحاظ سے چیزیں اگاتے تھے۔ کبھی گندم، کبھی آلو، کبھی چاول اور کبھی سبزیاں۔

شروع شروع میں مجھے یہ بات سمجھ ہی نہ آتی تھی کہ ہم اتنی محنت کرتے ہیں اچھی خاصی فصل بھی اگا لیتے ہیں۔ لیکن غربت کا جو سایہ گھنے درخت کی طرح ہمارے سروں پر ہے وہ کہیں سے کم نہیں ہوتا۔ لیکن آہستہ آہستہ مجھے سب کچھ سمجھ میں آنے لگا تھا۔

میں باپ سے ضد بھی کرتا کہ جتنی فصل ہے وہ مجھے دے میں جا کر اسے مارکیٹ میں خود بیچوں گا تاکہ کچھ پیسے اچھے مل جائیں۔ لیکن باپ مجھے کہتا کہ تو ابھی چھوٹا ہے تجھے نہیں معلوم کہ یہ سارے گورکھ دھندے کیا ہیں۔ بس تو اپنا کام کرتا جا اور کھیتی باڑی میں میری مدد کرتا جا۔ باقی کام تو مجھ پر چھوڑ دے۔ لیکن باغی طبیعت نے یہاں بھی اپنے باپ

کی نہ سنی۔

میں نے باپ سے کہا کہ آخر جب فصل تیار ہو جاتی ہے تو تو یہ بڑے زمیندار کے پاس کیا لینے جاتا ہے۔ تب اس نے مجھے بتایا کہ " بیٹا لینے نہیں دینے جاتا ہوں "۔۔۔۔۔۔۔۔ بہت ساری باتیں تو میں خود ہی نوٹ کر رہا تھا کہ یہ سب کیا ہو رہا ہے لیکن میں اس وقت کا انتظار کر رہا تھا جب میں کوئی فیصلہ کر سکوں، کوئی قدم اٹھا سکوں۔

مگر باپ کی عاجزی طبیعت کے سامنے میں اکثر بے بس ہو جاتا تھا۔ لیکن یہ کب تک ہوتا۔ میں شاید پیدا ہی اسی لئے ہوا تھا کہ کچھ کر گزروں۔ لیکن کاش کرنے سے پہلے کچھ اور سوچ لیتا یا طبیعت میں نرمی پیدا کر لیتا۔ لیکن ایسا نہ ہوا۔

آج سے تین سال پہلے موسم اور بارش نے اس قدر ساتھ دیا کہ ہماری فصل بہت ہی اچھی ہوئی۔ فصل کو دیکھ کر مجھے لگتا تھا کہ شاید یہ سال ہماری قسمت ہی بدل دے گا۔ اس لیئے میں نے باپ سے ضد کی کہ اس سال میں ہر حال میں خود جا کر اپنی فصل کی قیمت مارکیٹ سے لگاؤں گا۔ اور کچھ نہیں سنوں گا۔ باپ کی ضد تھی کہ ہم ایسا نہیں کر سکتے۔

ہم جتنا اگاتے ہیں وہ سب کا سب بڑے زمیندار کو پتہ ہوتا ہے اور اس میں سے ۲/۳ دو تہائی حصہ اس کے نذر کرنا ہو گا۔ ورنہ ہم یہ کھیتی باڑی وغیرہ سب بھول جائیں۔ میں نے فورا بغاوت کی اور کہا کہ نہیں اب یہ سب کچھ نہیں ہو گا۔ باپ نے مجھے سمجھایا کہ میں پاگل نہ بنوں۔ اس کے بغیر کچھ نہیں ہو سکتا۔ لیکن میں ماننے کے لیئے بالکل تیار نہ تھا۔

آخر کار باپ نے کہا کہ اچھا جب فصل کٹے گی تو تو میرے ساتھ بڑے زمیندار کے پاس چلنا اور ان سے بات کرنا۔ فصل کٹ گئی - باپ نے مجھے ساتھ لیا اور ہم بڑے زمیندار کے پاس گئے۔

بڑے زمیندار سے براہ راست میری یہ پہلی ملاقات تھی۔ ویسے تو میں نے اس کو

بہت مرتبہ دیکھا تھا جب وہ کبھی کبھار ہماری زمین پر ٹہلنے آتا تھا۔ نہ جانے کیوں وہ مجھے کبھی بھی اچھا نہ لگا۔ عجیب ہیبت ناک قسم کا آدمی تھا۔ لمبا چوڑا، بڑی بڑی مونچھیں اور ساتھ میں کئی سارے حالی موالی جو کہ ہر قدم پر اس کے ساتھ ہوتے اور کوئی پنکھا جھل رہا ہوتا تو کوئی پانی لیے کھڑا ہوتا تھا۔

اسکی کوٹھی بھی کسی محل سے کم نہ تھی۔ ایسا لگ رہا تھا کہ کسی ملک کے بادشاہ کے محل کے اندر آ گئے ہیں اور لمبے طویل راستے سے گزرنے کے بعد کہیں وہ کمرہ آیا جس میں زمیندار بیٹھا تھا۔ اس نے ہمیں دیکھتے ہی کہا" ہاں رحیم دین سنا ہے تمھاری فصل اس بار بہت شاندار ہوئی ہے"۔ میں نے سوچا کہ اس کا مطلب ہے اس کو سب کچھ پہلے ہی سے معلوم ہے۔

یہ ساری باتیں آخر کیونکر معلوم کر لیتا ہے۔ لیکن یہ معمہ مجھے آج تک سمجھ میں نہ آیا۔ میرے باپ نے جواباً صرف ہاں کہا۔ ایسا لگ رہا تھا کہ کوئی عدالت سجی ہے اور ہم مجرم کی طرح ایک جج کے سامنے کھڑے ہیں اور فیصلے کا انتظار کر رہے ہیں۔ وہ دوبارہ اپنی کرخت دار آواز میں بولا تو پھر کیا بولنے آئے ہو۔ ایسا لگ رہا تھا کہ اسے میری بغاوت کا بھی پتہ چل گیا ہے لیکن وہ ہم سے سننا چاہتا ہے۔ کچھ نہیں باپ نے دبی دبی آواز میں کہا۔ تو پھر یہاں کیوں آئے ہو۔ وہ چیخا۔ کچھ نہیں مالک، صرف یہ کہ۔۔۔۔۔۔۔۔ باپ کی آواز درمیان میں ہی دبی رہ گئی۔

مجھ سے برداشت نہ ہوا اور میں نے باپ کا جملہ پورا کیا، صرف یہ کہ اس سال ہم آپ کو دو تہائی حصہ نہیں دے سکتے۔" کیا وہ گرجا اور اپنی کرسی سے کھڑا ہو گیا ۔۔۔۔۔۔۔ اچھا تو چیونٹی کو پر نکل آئے ہیں، یہ جمعہ جمعہ آٹھ دن کا چھوکرا میرے سامنے زبان کھول رہا ہے۔

رحیم دین تم اپنے اس بیٹے کو سمجھا دو۔ یہ اس گاؤں کی رسم و ریت ہے اگر دو تہائی حصہ نہیں دینا ہے تو یہ گاؤں چھوڑ کر چلے جاؤ، یہ زمیں یہیں رہے گی، تم جہاں چاہے جا سکتے ہو"۔ کیا یہ سب کچھ اتنی آسانی سے نہیں ہو سکتا، میں نے کہا، کھیت ہمارا ہے ہم صبح سے شام تک اس پر محنت کرتے ہیں اور اس کا پھل کوئی اور کھائے، یہ سب کچھ اب تک ہوتا رہا لیکن اب نہیں ہو گا۔

زمیندار چیخا اگر تم کو اپنی زندگی عزیز ہے تو اب اور ایک لفظ بھی نہ بولنا اور یہاں سے دفع ہو جاؤ۔

باپ اور میں عدالت کا فیصلہ سن کر واپس لوٹ آئے۔ باپ نے میری ماں سے کہا کہ اس کو سمجھاؤ ورنہ سب کچھ ختم ہو جائے گا۔ یہ سمندر میں رہ کر مگرمچھ سے جھگڑ رہا ہے۔

دوسرے دن زمیندار کے ایک شخص نے آکر ہمیں بتایا کہ زمیندار نے چار دن کی مہلت دی ہے اگر اس کا دو تہائی حصہ نہ پہنچا تو وہ زبردستی پوری فصل پر قابض ہو جائے گا۔

ہمارے گھر میں تو جیسے طوفان آچکا تھا کہ نہ جانے اب کیا ہو گا، ان چار دنوں میں ایک دن میرا باپ چپکے سے زمیندار کے پاس گیا اور اس سے معافی مانگی اور بتایا کہ یہ سب کچھ میرا کیا دھرا ہے اور وہ دو تہائی حصہ دینے کے لئے بالکل تیار ہے اور یہ بھی کہ میں یہ مان نہیں رہا ہوں۔ لیکن زمیندار نے میرے باپ سے کہا کہ اسے منانا آتا ہے وہ سب کچھ اس پر چھوڑ دے۔

اسی لئے آج باپ مجھ سے گڑگڑا رہا تھا اور ساتھ ہی ساتھ جوان ہوتی بہن کا واسطہ دے رہا تھا کہ میں گھر چھوڑ کر خالو کے پاس دوسرے چک نمبر ۷۰ میں چلا جاؤں۔ چک

نمبر ۷۰ ہمارے گاؤں سے صرف ۷۵ کلو میٹر دور ہی تھا۔ جب بہن کی بات آئی تو پھر میری سمجھ میں کچھ نہ آیا اور میں باپ کی خواہش پر راتوں رات خالو کے گھر منتقل ہو گیا۔

خالو کے گھر آئے ہوئے ابھی چند گھنٹے ہی گزرے تھے کہ کئی مسلح افراد نے خالو کے گھر کو گھیر لیا اور میرا نام لے کر للکارا کہ میں باہر آؤں۔ خالو کی حالت بھی دیکھنے کے قابل تھی سو ہنگاموں اور بلوں سے بچنے کے لئے میں نے فوراً ہی خود کو ان غنڈوں کے حوالے کر دیا۔ انھوں نے مجھے بہت مارا پیٹا اور گاڑی میں ڈال کر نہ جانے کہاں لے گئے۔

اندھیری کوٹھری میں دوسرے دن کچھ روشنی آئی تو میں سمجھا کہ شائد مجھے کوئی بچانے کے لئے آیا ہے لیکن یہ وہی غنڈے تھے جو مجھے اٹھا کر لائے تھے اور انھوں نے مجھے پھر مارنا شروع کر دیا۔ اتنا مارا کہ میں بے ہوش ہو گیا اور وہ یہ سمجھے کے میں مر گیا ہوں۔ مجھے مردہ جان کر وہ ایک نہر کے کنارے چھوڑ کر بھاگ گئے۔ مجھے نہیں معلوم کہ میرے باپ کو کیسے خبر ہوئی کہ میں کہیں پڑا ہوا ہوں۔

اس نے مجھے وہاں سے قریبی بڑے شہر منڈی بہاؤالدین کے اسپتال میں داخل کر دیا۔ مجھے نہیں معلوم کہ نہ جانے اس نے کہاں سے اتنی بڑی رقم اکٹھے کی اور مجھے ایک ایجینٹ کے حوالے کر دیا کہ یہ مجھے باہر ملک لے جائے گا۔

ایجنٹ نے ایک پاسپورٹ میرے حوالے کیا اور میں اس جعلی پاسپورٹ پر اس کے ساتھ ساتھ چلتا رہا۔ کبھی ہوائی جہاز کا سفر کیا تو کبھی پیدل، تو کبھی ٹرک پر، مہینوں کسی جھونپڑی میں دو وقت کی روٹی کے ساتھ سردی میں گزارتا رہا اور پھر ایک دن اچانک ٹرک سے یہ کہہ کر اتار دیا کہ جاؤ تم جرمنی آ گئے ہو اب یہاں سیاسی پناہ کے لئے درخواست دے دو۔

جس روڈ پر اس نے مجھے اتارا تھا وہیں پر کوئی ہندوستانی میرا انتظار کر رہا تھا اور اس

نے پھر مجھے اس دفتر پہنچا دیا جہاں مجھے درخواست دینی تھی۔

میں نے اپنی داستان جو بالکل سچ تھی وہاں سنا دی۔ لیکن ایک سال کے طویل عرصے کے بعد میری درخواست خارج کر دی گئی یہ کہہ کر کہ ایسا کوئی ثبوت نہیں ملا ہے۔ اس سے پہلے بھی لوگوں نے یہاں جھوٹ بول کر اسی طرح کی کہانی سنائی تھی اور یہ سب کچھ ایسا نہیں ہے، کوئی کاغذی ثبوت نہ ہونے اور سیاسی طور پر کسی قسم کی مشکلات نہ ہونے کی بناء پر میرا کیس خارج ہو گیا۔

ایک سال سے مجھے انہوں نے ایک وقتی ویزہ دیا ہے، میں صرف اس وقت تک رہ سکتا ہوں جب تک کہ میرے کاغذات نہ تیار ہو جائیں۔ ایک سال اسی طرح اور گزر گئے ہیں اور ابھی تک کاغذات مکمل نہیں ہوئے ہیں۔ دو سال کا طویل عرصہ جرمنی میں اور ایک سال تقریباً سفر میں۔۔۔۔ میرے تین سال ضائع ہو گئے اور نہ جانے ابھی زندگی کے اور کتنے سال یوں ہی برباد ہو جائیں گے۔ مجھے ابھی تک نہیں پتہ کہ میں کہاں رہوں گا۔۔۔۔۔۔۔ کہاں جاؤں گا۔۔۔۔۔ کیا کروں گا۔۔۔۔۔۔۔۔

کاش میری طبعیت میں یہ انقلابی اور اپنے جاری سسٹم سے بغاوت کرنے والی خاصیت نہ ہوتی تو میں اپنی زندگی کے تین سال برباد کرنے کے بجائے آج اپنی فصل کا صرف ۳/۲ دو تہائی حصہ دیکر وہیں روکھی سوکھی روٹی سب کے ساتھ کھا رہا ہوتا۔۔

(۶) پوسٹر والا

وہ بڑی محنت سے الیکشن کے پوسٹر، پوسٹر لگانے کی بنی ہوئی جگہوں پر لگا رہا تھا۔ یہ ایک " ڈی پی او" پارٹی کا پوسٹر تھا، جس میں اس پارٹی کے مشہور لیڈر کی بڑی سی تصویر نظر آ رہی تھی اور پوسٹر کے اوپر جلی حروف میں لکھا تھا"نوکری ہر کسی کے لئے"۔ ابھی وہ گوند سے بھرا برش پوسٹر پر پھیر ہی رہا تھا کہ اچانک ایک شخص اس کے قریب آیا اور بہت زور سے چیخنے چلانے لگا۔

" تم کو شرم نہیں آتی اس پارٹی ڈی پی او کا پوسٹر لگا رہے ہو، جو ایک چھوٹی پارٹی ہونے کے باوجود اتنی مالدار پارٹی ہے اور اس کے وعدے صرف کھوکھلے ہوتے ہیں"۔

وہ شخص بہت ہی غصے میں لگ رہا تھا۔ چیخنے چلانے کے ساتھ ساتھ وہ ہاتھ پاؤں کا بھی استعمال کر رہا تھا تاکہ کسی طرح سے پوسٹر کو نقصان پہنچا سکے۔

" ارے ارے آپ یہ کیا کر رہے ہیں"۔ پوسٹر چپکانے والے نے اسے روکنا چاہا۔

لیکن وہ تو جیسے کسی لاوا کے مانند پھٹ چکا تھا۔ " ارے ارے یہ پارٹی، مجھے سخت نفرت ہے اس پارٹی سے، اس پارٹی کے لوگوں سے، یہ صرف وعدے کرتے ہیں، اب انکو کتنا آزمایا جائے گا"۔

ارے آپ ذرا شانت رہیں، ذرا تو چپ ہو جائیں"۔ پوسٹر والا پھر اس شخص سے مخاطب ہوا۔ " دیکھیں یہ میری جاب ہے، میری نوکری، ادھر دیکھیں، میرے پاس تو اور بہت ساری دوسری پارٹیوں کے بھی بینر، پوسٹر ہیں، پوسٹر چپکانا میرا کام ہے"۔

یہ سن کر وہ شخص کچھ شانت ہوا، لگ رہا تھا کہ کچھ کچھ اسے سمجھ آ رہا ہے۔

"اچھا اچھا! لیکن تم اس پارٹی کا پوسٹر لگانے سے منع بھی تو کر سکتے ہو"۔ غصہ ابھی تک موجود تھا۔

پوسٹر والے نے کہا" او بھائیجان! آپ غصہ تھوک دیں"، اور سامنے پڑے بینچ کی طرف اشارہ کرتے ہوئے کہا کہ آپ وہاں بیٹھیں، میں ذرا یہ پوسٹر لگالوں تو پھر آپ سے بات کرتا ہوں"۔

دوسرا شخص غصے کو جیسے کے نگل رہا ہو اور پوسٹر والے شخص کے صبر سے شاید متاثر ہو رہا تھا اسی لیے چپکے سے وہاں سے ہٹ کر بینچ پر بیٹھ گیا۔

پانچ منٹ ہی لگے ہوں گے اس شخص کو پوسٹر کے تمام کونوں کو چپکانے میں۔ اس کے بعد وہ بھی آکر اس شخص کے برابر میں اسی بینچ پر بیٹھ گیا۔ "ہاں اب بتائیں کہ آپ مجھ پر کیوں ناراض ہو رہے تھے۔ دیکھیں یہ تو میرا کام ہے، اس نے بڑی محبت سے اس دوسرے شخص کو کہا کہ دوسرا شخص بھی اس سے متاثر ہوئے بغیر نہ رہ سکا اور کہنے لگا" بھائی میں شرمندہ ہوں بس اچانک سے مجھے غصہ آگیا تھا۔ مجھے معاف کرنا"۔

" کوئی بات نہیں"۔ پوسٹر والے نے جواباً کہا" سچ پوچھیں تو یہ پارٹی مجھے بھی پسند نہیں ہے"۔

"اچھا" دوسرے شخص کو اچانک سے جیسے ایک جھٹکا سا لگا ہو۔

" ہاں اس پارٹی کو کون نہیں جانتا، لیکن کیا کیا جائے، ملک کی تیسری بڑی پارٹی کہلاتی ہے اور اس کو ووٹ ڈالنے والے بھی بہت ہیں"۔۔۔۔

"ہاں اسی کا تو رونا ہے، نہ جانے ہماری بھولی عوام کو کب عقل آئے گی"۔ دوسرے شخص نے بہت ہی جذباتی انداز میں اپنا موقف بیان کیا۔

"ہاں بات تمھاری ٹھیک ہے"۔ پوسٹر والے شخص نے کہا۔ "اب دیکھو دن بھر پوسٹر لگاتا ہوں تب جاکر کچھ روپے کما پاتا ہوں، سوچو ذرا ایک ایک پوسٹر چھپوانے میں پارٹی ملین ملین تو خرچ کرتی ہو گی، لیکن لگانے والوں کو کتنے کم پیسے دیتی ہے۔۔۔۔۔"
اسکی بات ابھی مکمل بھی نہیں ہوئی تھی کہ دوسرا شخص بول پڑا

"ہاں دیکھو تو نعرہ لگاتے ہیں نوکری ہر کسی کے لئے، لیکن یہاں نوکری ملتی ہی کب ہے اور جب ملتی ہے تو پھر تمھاری طرح اتنے کم آمدنی کی۔۔۔ اب آدمی اپنے بچوں کا پیٹ کیسے پالے؟؟

"ہاں بھائی!! پوسٹر والے نے ایک لمبی سانس لی۔۔۔ یہ سارے نعرے صرف الیکشن کے وقت لگائے جاتے ہیں، الیکشن جیتنے کے بعد کسی کو پتہ ہوتا ہے کہ کیا نعرہ اسکی پارٹی نے لگایا تھا۔"

"بس یہی تو بات ہے جس سے مجھے اس پارٹی کا پوسٹر دیکھ کر غصہ آ گیا تھا"۔ دوسرے شخص نے جواباً کہا، "میں بتا رہا ہوں تم کو یہ اس مرتبہ بھی جھوٹے وعدے کر رہے ہیں اور عوام کو بے وقوف بنا رہے ہیں"۔ اچانک سے اس شخص کا لہجہ پھر گرم ہو رہا تھا، غصے پر قابو پانے کی کوشش کرتے ہوئے اسکی حالت عجیب سی ہو رہی تھی۔

"کیا کروں"! اس نے پھر سے بولنا شروع کیا "میرا تو خون جلتا ہے ان پارٹی والوں سے، سب کے سب ایک جیسے ہیں، نہ عوام کی تکلیف کا ہوش نہ ملک سے محبت"۔۔۔۔۔۔ جانے وہ غصے میں کیا کیا بڑبڑانے لگا تھا۔

پوسٹر والا شخص بینچ سے اٹھا اور اس شخص سے کہنے لگا۔ "اگر ہم لوگ یہاں بیٹھ کر اسی طرح اپنے اپنے دل کی بھڑاس نکالتے رہیں گے تو آج سو روپے بھی نہیں بن پائیں گے۔ پتہ ہے ابھی مجھے بہت سارے پوسٹر لگانے ہیں اور پورے نہ لگا سکا تو وہ گنتی کریں

گے اور پیسے پورے نہیں دیں گے ۔۔۔"

"اوہو یہ بھی مصیبت ہے ! ہاں بھائی !! اچھا تو تم اب کام کرو، میں چلتا ہوں، میں تو پینشن والا آدمی ہوں، وقت ہی وقت ہے، بس اسی لئے زیادہ اس آگ میں جلتا ہوں، اچھا خدا حافظ "۔ یہ کہتے ہوئے وہ شخص اپنی راہ کو نکل پڑا۔

پورے پوسٹر لگانے کے بعد تھک ہار کر پوسٹر والا شخص گھر پہنچا۔ نہا دھو کر اس نے شام کا کھانا کھایا۔ کھانے پر اس نے اپنی بیوی کو بتایا کہ آج کیا ہوا اس کے ساتھ۔۔۔ بستر پر جاکر بھی وہ اس شخص کا خیال دل سے نہ نکال سکا۔ وہ سوچ رہا تھا کہ اس شخص نے بات تو بہت پتہ کی کہی تھی کہ کم از کم میں اس پارٹی کا پوسٹر لگانے سے انکار تو کر سکتا ہوں۔۔۔۔۔۔ اس کو کچھ سمجھ نہیں آرہا تھا۔ اسکی نوکری کا معاملہ ہے۔ ویسے بھی الیکشن کے دنوں میں ہی تو اسے یہ اضافی کمائی کا موقع ملتا ہے، اگر یہ نہ کرے گا وہ تو پھر کلرکی کی جاب میں کیسے گزارا کرے۔۔۔۔۔۔۔۔۔۔۔۔۔۔۔ مہنگائی آسمان سے باتیں کر رہی ہے، بجلی کے نرخ بڑھ چکے ہیں، پانی مہنگا ہوتا جارہا ہے۔۔۔ بچوں کی فیس بھی دن بدن بڑھ رہی ہے۔۔۔۔۔ رشتے داروں کے توقعات میں بھی روز بروز اضافہ ہی ہو رہا ہے۔۔۔۔۔۔۔ اس ہی پریشانی میں، کروٹ بدلتے ، اسے جانے کب نیند نے آگھیرا۔

صبح ہوئی تو اسکی حالت کچھ بوجھل سی تھی۔ اسکی بیوی نے پوچھا کہ کیا وہ آج پوسٹر لگانے نہیں جائے گا؟ دفتر سے اس نے مہینے بھر کی چھٹی لی ہوئی تھی اور اس چھٹی میں وہ پوسٹر لگانے کا کام کر رہا تھا۔۔۔ "نہیں آج میں نہیں جاؤں گا۔ اس نے تھکی تھکی آواز میں جواب دیا۔ " کیا! اسکی بیوی حیرت سے اس کا منہ دیکھ رہی تھی اور پھر بولنے لگی "تم کل کی بات کو بھولے نہیں شاید۔ پتہ نہیں کس کی باتوں میں آگئے ہو۔ اپنے گھر کے

حالات دیکھو اور اپنی مالی حالت، یہ کام نہ کروگے تو اضافی کمائی کہاں سے ہوگی اور پھر بچوں کے بہتر مستقبل کا بھی تو سوچو۔"

پوسٹر والے شخص کی حالت بہت عجیب سی ہو رہی تھی۔ اسے کچھ سمجھ نہیں آرہا تھا کہ وہ کیا کرے کیا نہ کرے۔ پھر وہ اٹھا، پوسٹر کے تھیلے اٹھائے اور اپنی بیوی کو خدا حافظ کہہ کر گھر سے نکل پڑا۔۔۔ تھکے تھکے قدموں سے وہ اسطرح جا رہا تھا جیسے کہ وہ یہ قدم سخت مجبوری میں اٹھا رہا ہے۔

ایک مہینے کے بعد الیکشن ہوئے اور پی ڈی او پھر سے ایک تیسری بڑی پارٹی کے طور پر سامنے آئی۔ اس مرتبہ اس پارٹی کو اور بھی زیادہ ووٹ ملے تھے۔ پوسٹر والے کو رہ رہ کر آج پھر وہی شخص یاد آرہا تھا، وہ سوچ رہا تھا آخر پھر عوام بے وقوف بن گئی، یہ بدھو عوام!! کیا ہوگا ان کا، ہر بار یہ پارٹی والے نئے نعرے لگا کر نئے طریقے سے عوام کو بے وقوف بناتے ہیں اور یہ عوام پھر سے انکے کھوکھلے نعروں، وعدوں کا شکار ہو جاتے ہیں۔

چار سال گزر چکے ہیں، ملک میں بہت ساری نئی نئی پارٹی منظر عام پر آچکی ہیں اور وہ پوسٹر والا ایک بار پھر بڑی امیدوں اور بڑے انہاک سے پوسٹر کو لگاتا ہوا محبت سے اسطرح ہاتھ پھیر رہا تھا جیسے کوئی عاشق اپنے محبوبہ کے گالوں کو سہلا رہا ہو۔

(۷) کچھ بھی حرف آخر نہیں ہوتا

اس نے دونوں ہاتھوں کو میری گردن میں حمائل کرتے ہوئے کہا، "لاک ڈاؤن۔۔ اب اس سے باہر نکلنے کی کوشش مت کرنا۔" میں بھی جذبات پر قابو نہ رکھ سکا اور اس کی پتلی نازک اور خوبصورت کمر کے گرد دونوں ہاتھ ڈالتے ہوئے اسے مزید قریب کرتے ہوئے بولا " اوکے بے بی ڈن۔ " وہ مجھ سے اور قریب آنے لگی اس کی سانسیں میری سانوں میں گھل مل رہی تھیں۔ اس کے گلاب کی پنکھڑی جیسے نازک مگر خشک ہونٹ میرے تر ہونٹوں سے پیاس بجھانے کے منتظر تھے۔ وہ اور قریب آرہی تھی کہ شاید ہم دونوں کو ہی کچھ یاد آیا اور ہم دونوں ایک دوسرے کو چھوڑ کر الگ ہو گئے جیسے کسی بجلی کے ننگے تار نے ہمیں چھو لیا ہو۔۔

"ارے جولیانا تم کیا کر رہی تھی؟ اس وقت شوشل ڈیسٹنس کے لیے کہا گیا ہے نا!" میں اس سے مخاطب ہوا۔ "تو کیا کروں ٹام۔۔ تم کو دیکھ کر مجھ سے رہا بھی تو نہیں جاتا۔" اس نے جواباً کہا۔ "تب ہی میں آج تمھارے یہاں نہیں آنا چاہ رہا تھا۔"

"ہاں لیکن دیکھو چھ ہفتے ہو گئے اس لاک ڈاؤن کو آخر کب تک رہتی تم سے ملے بنا اسی لیے میں نے تم سے کہا تھا کہ گھر کے اندر نا صحیح کم از کم گارڈن والے راستے سے ہی آجاؤ تاکہ تم کو دیکھ سکوں۔" جولیانا نے پھر جذباتی ہوتے ہوئے اپنی بات مکمل کی۔ "ہاں جولیانا ڈارلنگ یہ سچ ہے اسی لیے تو تمھارے کہنے پر آگیا مگر تم نے تو وعدہ کیا تھا نا کہ ہم حکومت کے لگائے گئے حفاظتی اقدام کا خیال رکھتے ہوئے شوشل ڈیسٹنس کا خیال رکھیں

گے۔" اب بات بڑھتی جارہی تھی۔ اس نے بھی فوری جواب دیا، "بس بھی کرو نا اب ہوگئی غلطی ہم سے۔ تم نے بھی تو مجھے قریب کرلیا تھا۔"

"ہاں ڈارلنگ یہ سچ ہے اس وقت میں بھی کچھ جذباتی ہوگیا تھا لیکن جولیانا دیکھو! یہ جو کرونا وائرس کی وبا ہے نا یہ بہت خطرناک صورت حال اختیار کرچکی ہے۔ دیکھ اور سن تو ہم سب ہی رہے ہیں، چین کے بعد اٹلی، اٹلی کے بعد اسپین، انگلینڈ، پھر خود ہمارا ملک اور اب امریکہ کتنی انسانی جانیں ضائع جارہی ہیں۔" "ہاں ہاں بس کرو ٹام۔۔۔۔ پلیز بس کردو۔۔۔ انھی ڈر خوف کی فضا سے تو نکلنے کے لیے تم کو بلایا تھا میں نے۔۔۔ پلیز اب مت یاد دلاو۔" وہ میری بات کاٹتے ہوئے بولی۔ "اوہ سوری جولیانا ویری سوری۔۔۔" میں نے ملتجائی آواز میں اس کی طرف دیکھتے ہوئے دونوں ہاتھ جوڑتے ہوئے معافی مانگی۔

"اچھا خیر ٹام بھول جاتے ہیں یہ سب۔۔۔ تم بتاؤ تمھاری بیوی انا کیسی ہے اب؟"

"ہاں جولیانا تم تو جانتی ہی ہو وہ سخت بیمار چلی آرہی ہے اس لیے تو میں باہر کہیں جانے سے اور زیادہ ہی ڈرتا ہوں کہ کہیں میں یہ کم بخت وائیرس لے کر گھر نا آجاؤں اور کہیں اس کو یہ بیماری نا لگ جائے۔۔ جیسا کے تم جانتی ہو وہ تو اپنی بیماری کی وجہ سے اس وقت بہت خطرناک والے گروپ میں شمار کی جاتی ہے۔"

"ہاں ٹام تم صحیح کہتے ہو سوری بابا میں نے تم کو یہاں بلا لیا اب تم جاؤ اپنے گھر واپس۔" اس نے مجھے ہدایت دیتے ہوئے کہا۔ "بس اب کوئی سوری ووری نہیں میرا ابھی تو دل چاہ رہا تھا تمھیں دیکھنے کو اس لیے بنا کچھ سوچے سمجھے چلا آیا۔ چلو پھر بات کریں گے فون سے۔" یہ کہتے ہوئے میں نے دور سے اسے فلائینگ کس دی اور جواباً" اس نے بھی کئی فلائینگ کسز میری جانب اچھال دیں۔۔۔

راستے میں گاڑی ڈرائیو کرتا ہوا میرا ذہن گاڑی کی رفتار سے بھی زیادہ تیزی سے

پچھلے سالوں کی باتوں کو یاد کر رہا تھا۔ ٹھیک ڈھائی سال قبل ہی تو میری ملاقات جولیانا سے ہوئی تھی۔۔۔ جب میں نے لینگوتیج اسکول میں اپنی انگریزی سکھانے کی کلاس شروع کی تھی۔ میرے سیدھے ہاتھ کی طرف بیٹھی جولیانا نے پہلے ہی دن اپنی خوبصورت اور دلفریب مسکراہٹ سے مجھے اپنی حصار میں لے لیا تھا۔ ویسے بھی انگریزی سیکھنے والے مرد اور عورتوں کی تعداد صرف دس ہی تھی اور یہ سب اپنی نوکری کی ضرورت کے تحت انگریزی سیکھنے آئے تھے۔

جرمنی میں بھی انگریزی تیزی سے روزمرہ کی زندگی میں شامل ہو رہی تھی۔ بہت سی نوکری کے لیے جرمن زبان کے ساتھ اب انگریزی بھی لازمی کر دی گئی تھی۔ جرمن زبان میں بھی انگریزی کے کئی الفاظ کو لے لیا گیا تھا۔ جولیانا ایک سرکاری دفتر میں کام کرتی تھی اس لیے اسے انگریزی جاننا اور بھی بہت زیادہ ضروری ہو چکا تھا کہ اس کا زیادہ تر کام غیر ممالک سے ہوتا اور اسے پھر سب کچھ انگریزی ہی میں کرنا ہوتا تھا۔ شاید یہی وجہ تھی کہ کلاس میں سب سے زیادہ توجہ وہی دیتی تھی اور کلاس ختم ہو جانے کے باوجود مجھ سے انگریزی میں غٹر غوں کرتی رہتی تھی۔ " ٹام کیا آج تمھارے پاس وقت ہے؟" اچانک ایک دن جب کلاس ختم ہوئی تو اس نے پوچھا۔ "ہاں مگر کیوں؟" میرا جواب سن کر فورا بولی، " چلو پھر کسی ریستورانت میں بیٹھ کر کافی پیتے ہیں۔" " اس وقت کافی؟" میں نے سوالیہ نظروں سے اسے دیکھا اور پھر اس سے کہا، " ابھی تو ڈنر کا وقت ہو چکا ہے چلو کہیں ڈنر کرتے ہیں۔" اس کے چہرے کی مسکراہٹ مزید نکھر گئی ایسا لگا کہ میں نے اس کے دل کی بات کہہ دی ہو۔ " ارے ہاں اچھا خیال ہے اگر تمھارے پاس وقت ہے تو چلتے ہیں۔" میں نے جوابا اسے کہا، " ٹھہرو میں اپنی بیوی کو فون کر دوں۔" یہ کہتے ہوئے میں نے فون نکالا اور انا کو فون ملایا، "ہیلو آنا میں اپنے لینگوتیج کے اسٹوڈنٹ کے ساتھ ڈنر پر

جارہا ہوں تم انتظار نہ کرنا اور کھانا کھا لینا۔" میں نے انا کو اطلاع دی تو جولیانا بھی بہت غور سے سن رہی تھی۔ میں نے فون بند کیا تو فوراً بولی، "تم اپنی بیوی سے بہت محبت کرتے ہو؟" "محبت ہاں شاید! محبت تو ایک جذبہ ہے ساتھ رہتے رہتے پیدا ہو ہی جاتا ہے۔" میرے اس جواب پر اس نے بڑی زور کا قہقہہ لگایا۔ اس کا چہرہ مزید سرخ ہو گیا اور اس نے میرے بازو کو پکڑتے ہوئے میرا جملہ دہرایا۔ "محبت تو ایک جذبہ ہے ساتھ رہتے رہتے پیدا ہو ہی جاتا ہے۔" وہ اپنی شوخ ادا سے مجھے اپنے قریب لائی اور پھر بہت قریب آکر کہنے لگی، "کہیں ہفتے میں دو بار مل کر مجھے بھی تم سے محبت نا ہو جائے۔" اس کی دلفریب ادا اور مسکراہٹ تو پہلے ہی مجھے سب کچھ سمجھا چکی تھی اور میری طرف سے بھی جواب منفی میں نہیں تھا۔

انا اور میں ساتھ تو تھے لیکن ایک مدت سے کسی جسمانی تعلق کے بنا بس صرف ساتھ تھے، رشتے نبھاتے ہوئے اور یہ کمی مجھے بہت شدت سے محسوس ہوتی تھی۔ لیکن انا میں یہ سارے احساسات کب کے ختم ہو چکے تھے۔ وہ تھی اور اس کی ساتھی اس کی کتابیں، فیس بک اور واٹس ایپ یہی زندگی تھی اس کی۔ لیکن گھر کے سب کام کاج کے ساتھ وہ میرا بھی بہت خیال رکھتی تھی اور پچھلے کئی سالوں سے اپنی بیماری سے بھی تنگ رہتی تھی شاید اسی لیے کسی اور طرف دھیان ہی نہیں جاتا تھا۔ ان ہی باتوں نے مجھے بھی جولیانا کی طرف جھکنے پر مجبور کر دیا وہ اپنی مست ادا سے مجھے اپنی طرف مائل کر چکی تھی۔ پھر کچھ ایسا ہوا کہ ہفتے میں ایک بار لینگوئج کلاس کے بعد ہم ضرور کسی ریستورانت میں ساتھ بیٹھے گپیں لگا رہے ہوتے۔ جولیانا نے اپنے بارے میں سب کچھ بتا دیا کہ اس کے شوہر نے اسے چھوڑ دیا ہے اور وہ اب تنہا ہے۔ اس کے ماں باپ بھی اب زندہ نہیں ہیں، بھائی بہن بھی کوئی نہیں ہے لے دے کہ صرف ایک چچا ہیں جو اپنی دنیا میں رہتے ہیں۔

اس کی داستان نے مجھے اس کے اور قریب کر دیا کہ اس بالکل تنہا عورت کو واقعی کسی کی قربت اور پیار کی طلب ہے۔ یوں ہماری دوستی محبت میں تبدیل ہوتی گئی اور پھر اس نے اپنے گھر آنے کی دعوت دے ڈالی۔

پہلی بار جب میں اس کے گھر گیا تو اس نے شاندار استقبال کیا اور پھر میری برسوں کی پیاس بھی ایسی بجھائی کہ لگا جیسے ایک صحرا تھا جو ایک مدت سے پیاسا تھا۔ جسے ایک بہتا دریا مل گیا، جس سے جسم کارواں رواں تر ہو گیا ہو۔ پھر یہ سلسلہ چل نکلا اور میری ملاقات جولیانا سے نہ صرف اسکول میں بلکہ اس کے گھر میں بھی ہونے لگی ۔۔۔ پھر اچانک اس کرونا وائیرس کی وبا نے پوری دنیا کو دیکھتے ہی دیکھتے اپنے لپیٹ میں لے لیا۔ جرمنی پورا لاک ڈاؤن کا شکار ہو گیا۔ اسکول کالج یونیورسٹیز سب بند کر دی گئیں ۔ میرا لینگوئج اسکول بھی اسی کی زد میں آ گیا۔ اسکول والوں نے آن لائن کلاس لینے کی ہدایت کی۔ میں نے سب سے رابطہ کیا اور اسکائپ پر کلاس لینی شروع کر دی۔ پہلے شروع میں ویڈیو کلاس لی لیکن دس لوگوں کی وجہ سے کافی دشواری پیش آئی تو میں نے آڈیو کلاس لینے کا فیصلہ کیا۔ گویا جولیانا سے اب صرف کلاس کے دوران ہی انگریزی زبان پر ہی بات ممکن رہ گئی تھی۔ واٹس اپ پر بھی لکھ کر ہی بات ہوتی تھی۔ اب ملنے جلنے پر جرمن حکومت نے سختی سے پابندی لگا دی تھی۔ صرف دو افراد ایک ساتھ باہر جا سکتے تھے جس میں یہ دونوں ایک ہی گھر میں رہتے ہوں۔

کرونا کا عتاب بڑھتا ہی جا رہا تھا۔ عجیب وحشت کا سا عالم تھا۔ لوگ گھبرا کے کھانے پینے کے سامان ذخیرہ کر رہے تھے کہ ہر کوئی یہی کہہ رہا تھا کہ جنگ کے حالات ہیں بہت سامان ذخیرہ کر لو۔۔۔ ہاتھ ملانے اور گلے ملنے پر بھی پابندی عائد تھی۔ چار ہفتے تو عجیب گزرے۔ خبر سننے میں بھی ڈر لگنے لگا۔ لیکن حالات سے باخبر بھی رہنا ضروری تھا، مرتا کیا

نا کرتا روزانہ ہی حکومت کی پریس کانفرس دیکھتا اور ایسا لگتا کہ حکومت نے ہر روز صور پھونکنے کا کام اپنے ذمہ لے لیا ہے اور ہر روز آکر مرنے والوں کی تعداد بتا کر ہمیں خبر دار کر رہے ہوتے ہیں کہ بچ کر رہو، کبھی بھی کسی وقت بھی باری آسکتی ہے۔۔۔ ایسے میں جولیانا سے بھی ملنا ناممکن ہو چکا تھا۔ وہ بار بار یہی لکھتی، "ٹام یہ لاک ڈاؤن کب ختم ہو گا؟ ہم کب پھر سے ملیں گے؟ مجھ سے اب نہیں رہا جاتا۔" میری تسلی تشفی اس کی سمجھ میں نہیں آتی۔ مجھ پر بھی ڈر خوف طاری تھا۔ میں انا کی طرف سے بھی بہت پریشان تھا۔ چھ ہفتے گزر گئے تو پھر جولیانا کی ملنے کی خواہش مزید بڑھنے لگی۔ مجھے بھی جولیانا کی فرقت پریشان کر رہی تھی لیکن کچھ سمجھ میں نہیں آرہا تھا۔

ایک دن جب اس نے مجھے فون کیا اور روہانسی آواز میں مجھے یاد کیا تو میرا دل بھی پسیج گیا اور میں نے اس سے وعدہ لیے لیا کہ صرف گارڈن کے راستے آؤں گا اور ہم شوشل ڈیسٹنس کا خیال رکھتے ہوئے ملیں گے۔۔۔ لیکن جب ملنے گیا تو ایک دوسرے کے قریب آہی گئے۔۔۔ وہ تو شکر ہے کہ ہم دونوں ہی کو وقت پر خیال آگیا۔۔۔۔ دوسرے دن ان لائن کلاس کے بعد جولیانا پھر بے چین تھی۔ میں سمجھ سکتا تھا، لاک ڈاؤن اور اکیلے گھر میں۔۔ بہت ہی کٹھن وقت ہے اس کے لیے۔۔۔ میں بھی اسے تسلی دیتا رہتا کہ ایک دن سب ٹھیک ہو جائے گا۔۔۔ اسی طرح ایک ہفتہ اور بھی گزر گیا۔ جرمنی سمیت اسپین اٹلی اور اب امریکہ و برطانیہ کی حالت بہت خراب ہو چکی تھی۔ آج جب میری جولیانا سے بات ہوئی تو وہ کافی پریشان تھی اور بہت کھانس بھی رہی تھی۔ "جولیانا کیا بات ہے؟ اتنا کھانس کیوں رہی ہو؟" میں نے پوچھا۔ "ہاں پتہ نہیں تین دن پہلے میں کچھ گروسری خریدنے باہر گئی تھی۔۔ دکان میں ایک شخص بہت کھانس رہا تھا۔ مجھے ڈر لگ رہا ہے کہیں اسی سے تو نہیں لگ گئی مجھے بھی کھانسی۔" "اے گاڈ رحم کرنا۔"

میرے منہ سے بے اختیار نکلا۔ "اچھا ڈراؤ تو نہیں۔" جولیانا عاجزی سے بولی۔ "دیکھو جولیانا اپنا بہت خیال رکھو، خوب پانی پیو اور ہوسکے تو گرم پانی سے غرارے بھی کرو۔"
"ہاں ٹام تم پریشان نہ ہو میں اپنا خیال رکھ رہی ہوں۔"

اب میں اپنی بیوی سے بچ بچا کر اسے دن میں دو بار فون کرتا۔ وہ کلاس بھی نہیں لے رہی تھی۔ اس کی حالت خراب ہورہی تھی۔ اب بخار بھی بہت تیز تھا اسے۔ پھر اچانک ایک دن صبح صبح جو میں نے اسے فون کیا تو جولیانا نے بہت مشکل سے صرف اتنا ہی کہا، "مجھے ایمبولینس والے ہاسپٹل لے جارہے ہیں ٹام، میرے لیے گاڈ سے دعا کرنا۔"
"سنو جولیانا۔۔۔۔ سنو تو ۔۔۔۔ کونسے ہاسپٹل لے جارہے ہیں تم کو ۔۔۔ جولیانا۔۔۔ جولیانا۔۔۔؟"

میں آواز دیتا رہ گیا دوسری طرف سے فون بند ہو چکا تھا۔ میرا ہر پل اب عجیب عذاب سا تھا۔ دو دن گزر چکے تھے کوئی خبر نہیں تھی اس کی۔۔۔ میں ہر لمحے اسی کے بارے میں سوچتا رہتا۔ آن لائن کلاس میں بھی اب دل نہیں لگ رہا تھا۔ عجیب بے چینی تھی میری طبعیت میں۔ کچھ سمجھ نہیں آرہا تھا کیا کروں۔ ہاسپٹل کا بھی نہیں پتہ کہ کہاں فون کروں۔ سوچا کہ جولیانا کے گھر کے آس پاس کے سارے ہاسپٹلز فون کروں اور جولیانا کو تلاش کروں۔ پھر اپنے ان بے وقوفوں والے خیالات کو رد کر دیا بھلا کتنے ہاسپٹلز کو فون کروں گا؟ ۔۔۔ بس صبر کرنے کے علاوہ کچھ تو تھا نہیں۔ جولیانا کی آواز کانوں میں گونج رہی تھی، "ٹام میرے لیے گاڈ سے دعا کرنا۔" میرے قدم غیر ارادی طور پر گھر میں بنے اس کمرے کی طرف اٹھ گئے جہاں ہم نے عبادت کی جگہ بنائی ہوئی تھی۔ عبادت کرنے کہیں اور تو جا بھی نہیں سکتا تھا۔ شہر اور محلے کی دوسری عبادت گاہیں چرچ، مسجد اور مندر بھی تو اس وبا کی وجہ سے بند تھیں۔ میں بہت دیر تک اس کمرے میں یسوع مسیح سے مدد

مانگتا رہا کہ وہ میرے گاڈ سے سفارش کر دیں کہ جولیانا کی کوئی خبر آ جائے کچھ پتہ تو چلے اس کے بارے میں۔ گاڈ اس کی جان کی حفاظت کر دے۔۔۔۔ عبادت کرتے ہوئے بہت سارا وقت گزر گیا میں تو دعا میں مصروف تھا وقت کا پتہ ہی نہیں چلا۔۔۔

جب کافی دیر بعد باہر نکلا تو سامنے انا کھڑی تھی مجھے دیکھتے ہی سوال داغ دیا۔ "ٹام آج اتنے عرصے بعد اس کمرے میں۔۔۔ اور پھر اتنی دیر تک کیا ہوا؟ خیر ہے نا تم چند دنوں سے کچھ پریشان پریشان بھی لگ رہے ہو کیا ہوا۔۔ مجھے بتاو؟" میں عبادت کر کے ہی نکلا تھا ایسے میں سب کچھ انا کو صاف صاف بتا دیا۔

"انا! میری انگریزی کلاس کی ایک اسٹوڈنٹ خاتون کو کرونا وائرس نے آدبوچا ہے اسی کے لے دعا کر رہا تھا۔"

"اوہ! گاڈ اس کو صحت دے۔!" اور کندھا اچکاتے ہوئے ایسے واپس اپنے کمرے کی طرف گئی جیسے کہہ رہی ہو اسٹوڈنٹ کی اتنی فکر۔۔۔

اب انا کو کیا بتاتا کہ میں کیوں بے چین ہوں کیا ہے اس بے چینی کا سبب۔۔۔۔ ابھی یہی سوچ رہا تھا کہ میرے فون پر ایک اجنبی نمبر سے کال آئی لیکن نمبر لوکل ہی تھا۔ میں نے اپنا نام بتاتے ہوئے مخاطب ہوا۔ کسی خاتون کی آواز تھی:

"کیا آپ ہی ٹام آرنٹ ہیں؟"

"جی میں ہی ہوں۔ فرمایئے آپ کون ہیں؟"

"میں والڈ ہاسپٹل سے نرس علینا بول رہی ہوں۔ آپ کی جاننے والی خاتون جولیانا شمٹ ہیں انھیں جب یہاں لایا گیا تھا تو ہمارے پوچھنے پر انھوں نے اپنے جاننے والوں میں صرف آپ ہی کا نمبر دیا تھا اسی لیے میں نے فون کیا ہے۔" وہ ایک ہی سانس میں سب کچھ کہہ گئی۔

"جی میں بہت اچھے سے جانتا ہوں انھیں۔" میں نے جان کر بات مختصر کی ویسے بھی نرس کو اس سے کیا غرض کہ میں اس کا کیا لگتا ہوں۔ جولیانا نے میرا نمبر دیا سو اس نے مجھے فون کر دیا۔ "جی آپ بتائیں تو جولیانا کی طبعیت اب کیسی ہے؟" میں نے بہت بے چینی سے اپنا سوال دھرایا۔ "جی جی یہی بتانے کے لیے فون کیا ہے۔ جولیانا شمٹ کی حالت اچھی نہیں ہے۔ انکی سخت نگرانی میں علاج ہو رہا ہے۔۔۔" "او مائی گاڈ کیا کہہ رہی ہیں آپ۔۔ میں! میں! اسے دیکھنا چاہتا ہوں۔" "معافی چاہتی ہوں اس وبا کی پیش نظر ملاقاتی کو ہاسپٹل آنے کی اجازت نہیں ہے۔"

"معاف کیجیے گا! میں اس کا دوست ہوں۔ مجھے اس سے ملنا ہے۔۔۔" میں نے اپنی آواز کی پچ کو ذرا کم کیا کہ کہیں انا نا سب کچھ سن لیے۔ "دیکھیں ملنا تو آپ بھول جائیں، میں آپ کو ان کی حالت بتاتی رہوں گی یہی کر سکتی ہوں۔" "نہیں آپ مجھے ملنے سے نہیں روک سکتیں مجھے اپنی جولیانا کو دیکھنا ہے۔" مجھے ایک دم خیال آیا کہ میرا لہجہ کافی سخت ہو گیا۔ "اوہ! معاف کیجیے گا میں نے سخت لہجہ اختیار کر لیا۔"

"جی جی میں سمجھ سکتی ہوں لیکن ہم مجبور ہیں۔" اس نے ایک سپاٹ لہجے میں اپنی بات مکمل کی۔ اس ٹیلی فون کی گفتگو نے میرے جسم سے سارا خون نچوڑ لیا۔ مجھے سمجھ نہیں آرہا تھا کہ کیا کروں اور کس طرح جولیانا کو ایک نظر دیکھ آؤں۔ پھر میں نے ساری احتیاطی تدابیر کو بالائے طاق رکھی اور ہاسپٹل جا پہنچا۔ نرس کے بتائے وارڈ نمبر بارہ اے میں۔ ہاسپٹل میں اس سے آگے جانے کی اجازت نہیں تھی مگر میرے ہی طرح وہاں ایک خاتون اور ایک مرد بھی موجود تھے۔۔ میں حیران تھا۔۔ پوچھا تو پتہ چلا کہ خاتون کے شوہر یہاں ہیں اور مرد کی بہن۔۔۔ یہ بھی اسی امید پر آئے ہیں کہ ملاقات ہو جائے۔ وارڈ کے شیشے کے دروازے سے اندر کا کوریڈور نظر آرہا تھا۔ عجیب سا ماحول تھا ڈاکٹر نرس

سب بدحواسی میں ادھر سے ادھر دوڑ رہے تھے لیکن لگ ایسا رہا تھا کہ میں کسی اور سیارے پر آگیا ہوں۔ سب احتیاطی لباس میں سیارے پر اترے ہوئے اسٹرونانٹ لگ رہے تھے یا کوئی مریخی مخلوق۔۔۔

عجیب نفسا نفسی کا عالم تھا۔ اس عجیب و غریب لباس میں ڈاکٹر اور نرس عجیب ڈر و خوف کی تصویر بنے ہوئے تھے۔ میری حالت بھی غیر ہورہی تھی لیکن پھر بھی مجھ سے صبر نہیں ہو رہا تھا دل چاہ رہا تھا کہ خوب زور زور سے دروازہ پیٹوں۔۔۔ اور چیخوں کہ ہمیں اپنے عزیزوں سے ملنے دیا جائے۔۔۔ لیکن اس بدتمیزی کی ہمت نہ ہوئی۔ میں شکست خوردہ واپس لوٹ ایا۔ لیکن دل دماغ سب وہیں چھوڑ آیا تھا۔

کئی دن یونہی گزر گئے نرس کا پھر فون آیا اور اس نے اطلاع دی کہ جولیانا کی طبعیت بہتر ہو رہی ہے۔۔۔ ابھی ایک ہفتے اور ہاسپٹل میں رہنا ہوگا اور ایک ہفتے کے بعد گھر میں بھی دو ہفتے قرنطینہ میں رہنا لازمی ہوگا اور اس وقت اسے کسی سے ملنے کی اجازت نہیں ہوگی۔۔ میں نے نرس کا بہت شکریہ ادا کیا کہ اس نے اتنی اچھی خبر سنائی۔۔۔ میں یہ اچھی خبر سن کر گاڈ کا شکر ادا کرنے عبادت کرنے والے کمرے میں چلا آیا۔۔۔ یسوع مسیح نے گاڈ سے میری دعا کی سفارش کر دی تھی۔۔۔

میں اسی بات کا شکریہ ادا کر رہا تھا کہ اچانک انا کی آواز ائی۔۔ میں جلدی جلدی اپنی عبادت کر کے باہر آیا اور انا سے پوچھا، "کیا ہوا انا تم نے آواز۔۔۔۔۔۔"

یہ کہتے ہوئے میری نظر انا پر پڑی تو میرا جملہ درمیان میں ہی رہ گیا۔ انا سرخ رنگ کے چست بلاؤز اور بیلو اسکرٹ میں خوب اچھے سے تیار نظر آئی۔ یہ وہی لباس تھا جو میں نے کبھی اسے لا کر دیا تھا۔ میں حیرت سے اسے دیکھ ہی رہا تھا کہ وہ اچانک آگے بڑھی اور اپنے دونوں بازوں کو میری گردن میں حمائل کرتے ہوئے کہنے لگی۔

"لاک ڈاؤن! بھول جاؤ اپنی اسٹوڈنٹ کو۔"
اور اس سے پہلے کہ میں کچھ کہتا اس نے اپنے ہونٹوں کو میرے ہونٹوں میں پیوست کر دیا۔ اس کے برسوں بعد اس بھرپور بوسے نے مجھ پر نشہ ساطاری کر دیا اور مجھے لگا کہ اس انگارے جیسی تپش سے میرا پورا جسم جل جائے گا۔۔۔

(۸) بند مٹھی

میں سوچتا رہتا ہوں کہ شاید قدرت نے مجھے یہ صلاحیت کچھ زیادہ ہی دی ہے۔ میں مستقل ہی سوچتا رہتا ہوں ۔۔۔ سوچنا زندگی کی تلاش ہے۔ سوچنا اپنے آپ کو پہچاننا بھی ہے ۔۔۔اس کے لیے ذہن کے اندر جھانکنا پڑتا ہے۔ اس دنیا میں ہم سب زندہ ہیں۔ زندہ رہنا ہے تو سوچنا بھی ضروری ہے ورنہ ایک مورت کی طرح بنا جسم و جان کے پڑے رہنا نہ زندگی ہے نا کچھ اور۔ ہم کیا ہیں؟ ۔۔۔زندگی اگر موقع کو پہچاننے کا نام ہے تو پھر موقع کہاں ہے؟اس کی تلاش سوچ سے ہی حاصل کی جاتی ہے۔۔۔۔

میں کھلی فضا میں نکل آتا۔ دیکھتا ہوں کہ خوشگوار ہوائیں درختوں کے پتوں سے کھیل رہی ہیں۔ پتے خوشی سے جھوم رہے ہیں۔ پتوں کی خوشی دیکھ کر پرندے چہچہار ہے ہیں۔ خرگوش سرشاری سے چھلانگیں مارتے ہوئے ادھر ادھر ناچ رہے ہیں۔ میں ان سب کو اپنی طرف مائل کرنے کی سعی کرنے لگا۔ لیکن نہ ہوا نے مجھے گدگدایا اور نہ پتوں نے اپنی سرسراہٹ میں مجھے شامل کیا۔ پھر میری سوچ نے مجھے جگا دیا اور میں سمجھ گیا کہ ان کو اپنی طرف متوجہ کیسے کیا جاسکتا ہے ۔۔۔۔ یوں میں بھی ہوا کے ساتھ ساتھ جھومنے لگا۔ میں نے ہوا کی ردم میں خود کو اتار دیا۔ بس پھر کیا تھا پتے میرے ساتھ کھیلنے لگے۔ پرندے میرے قریب آکر گیت گانے لگے اور خرگوش جو پہلے مجھ سے ڈر رہے تھے اب میرے دوست بنے میری باہوں میں گھسے چلے آئے۔۔۔۔ سوچ کو جیت نصیب ہوئی۔۔۔ میں بھی سرشار ہو گیا۔۔۔

وہ بھی میری سوچ ہے۔ میں ہمہ وقت اس کو سوچتا رہتا ہوں۔ وہ یہ جانتی بھی ہے لیکن مجھ سے لاتعلق ہی رہتی ہے۔ بیباکی اس کے اندر جذب ہے شاید یہی بات ہے کہ میں نے لاکھ کوششیں کرڈالیں لیکن وہ مجھ سے دور ہی رہی۔۔ میں جب سخت جتن کر کے تھک گیا تو پھر میں نے اس کو بھلانے کے بجائے اسکا مکمل احاطہ کرنے کا ارادہ کرلیا۔ وہ میری بنت ام ہے، خالہ کی بیٹی۔ اس کے گھر آنا جانا ہے۔ اس لیے مجھے اسے پڑھنا کچھ دشوار نہ ہوا۔ میں نے اپنے آپ کو بدلنے کا فیصلہ کرلیا۔ اس کی ساری باتیں جو اسے پسند تھی میں نے بھی انہیں اپنی پسند بنالی۔ ہر اس بات کا خیال رکھنے لگا جو وہ چاہتی تھی۔۔۔۔۔ کتنا مشکل ہوتا ہے اپنے آپ کو ختم کرنا کسی کی خواہش کی تکمیل کے لیے۔ کسی کی سوچ کی جیتی جاگتی تصویر بننے کے لیے۔ یہ ایک طویل سفر ہے اور کبھی کبھی سفر میں پل صراط بھی عبور کرنا ہوتا ہے۔ کبھی ہواؤں کے ساتھ جھومنا ہوتا ہے، تو کبھی پھولوں کے ساتھ کانٹوں کی چبھن بھی محسوس کرنی ہوتی ہے۔ کبھی رات کے اندھیرے میں کواڑ پر پڑنے والے بارش کے قطروں کی دستک بھی سننی ہوتی ہے، تو کبھی تیز سورج کی کرنوں کو آنگن میں اتارنا بھی ہوتا ہے۔ کبھی دیوار پر چڑھتی بوگن ویلا کو جگہ دینی ہوتی ہے، تو کبھی شام میں پھیلی سرخی کی وجہ ڈھونڈنی پڑتی ہے۔ لیکن یہ سارا عمل صرف اس کو جیتنے کے لیے اس کی خواہش کو پروان چڑھانے کے لیے ہی ہے۔

میں اپنے اندر اور باہر کے انسان کو بدل رہا ہوں۔ اپنے بدن پر پھیلی جلد کی چادر کو بدل رہا ہوں تاکہ وہ اس میں سے اپنی سانسیں کسی ہچکچاہٹ کے بغیر گزر سکے۔ میں اپنے صبح و شام کے مشاغل بدل رہا ہوں تاکہ اس کی زندگی کی ناؤ کے بہاو میں کوئی رکاوٹ نہ آئے۔ میں اپنی نظر کو بدل رہا ہوں کہ اس کی بینا آنکھوں کو وہی نظر آئے جو وہ دیکھنا چاہتی ہے۔ میں اپنے آواز کے اتار چڑھائو کو بدل رہا تھا کہ اس کی نازک سماعت میں کوئی

ناپسندیدہ ارتعاش نہ آئے۔ میں دل کی دھڑکن کی آواز کو قابو کر رہا تا کہ اس کے سینے کے زیر و بم میں کوئی خلل نہ ہو۔ میں خواہش کو اپنی سوچ سے شکست دے رہا تھا کہ اس کی خواہش میں کوئی کمی نہ آئے۔۔۔ مجھے ایسے لگ رہا تھا کہ میں اپنے آپ کو اسکے انداز زندگی اور اس کی سوچ میں ڈھالنے میں کوئی نیا جنم لے رہا ہوں۔ یہ جنم ماں کے رحم سے نہیں بلکہ اس کی خواہش سے ہو رہا ہے۔ میں ایک نیا انسان بن رہا ہوں خود اپنی اصل شخصیت کو ختم کر کے۔ صرف اس کے لیے۔ کیا میں درست کر رہا ہوں۔ یہی خیال لیے آج پھر اس کے گھر چلا آیا۔

"۔۔۔میں دیکھ رہی ہوں آپ کافی بدل گئے ہیں۔۔۔ بہت تیزی سے تبدیلی آ رہی ہے آپ میں۔۔۔"

اس کے اس طرح سے مخاطب ہونے پر مجھے حیرت بالکل نہیں ہوئی۔ یہ تو میں جانتا ہی ہوں کہ اسے میں پہلے بھی بالکل پسند نہیں تھا یا وہ مجھے مکمل نظر انداز کرتی رہتی ہے۔۔ تو میں نے سوچا ٹھیک ہے وہ اگر میری طرح بننا پسند نہیں کرتی تو میں اس کی طرح بن جاتا ہوں۔۔۔۔

"بہت شکریہ کہ تم نے یہ تبدیلی نوٹ کی۔"

میں نے مختصر سا جواب دیا۔

"ہاں لیکن کسی کی طرح بننے سے کچھ نہیں ہوتا اصل روپ تو کسی بھی وقت واپس ابھر ہی آتا ہے۔"

اس نے بیباکی سے اپنے دل کی بات کا اظہار کرتے ہوئے مجھے لاجواب کر دیا۔۔

"ہاں شاید تم درست کہہ رہی ہو لیکن میرے اندر ایک ایسی سوچ کا قبضہ ہے وہ مجھے سکھاتی ہے کہ اگر تمھیں کچھ اچھا لگ رہا ہے یا تمھیں کوئی متاثر کر رہا ہے تو اس کو اپنے

اندر اتارنے کے لیے اسی کی طرح بن جاو۔"

"بہت خوب!"

اس نے بولنا شروع کیا

"لیکن یہ عمل تو وقتی ہوتا ہے۔۔۔ کبھی تم نے دیکھا ہے کسی عورت کو آئینے سے باتیں کرتے۔۔ آئینہ جس میں عورت اپنا سراپا بہت شوق سے دیکھاتی ہے۔۔۔ جانتے ہو کیوں؟۔"

"نہیں"

میں تو اس کی باتوں پر حیران بت بنا کھڑا ر ہا اور صرف اتنا ہی بول پایا۔

"عورت جب آئینے کے سامنے کھڑی ہوتی ہے تو وہ چاہتی ہے کہ اس کے حسن کی تعریف صرف ظاہری نہ ہو بلکہ اس کے جسم کے ایک ایک عضو کی تعریف کی جائے اور یہ کام صرف وہی کر سکتا ہے جو جسم کے اندر چھپی روح کی گہرائی بھی ناپ سکے۔ اسی لیے عورت ہمیشہ آئینے کے سامنے کھڑے مسکراتی رہتی ہے، کیونکہ وہ جانتی ہے کہ یہ ظاہری حسن دکھا رہا ہے جو صرف جز وقتی ہوتا ہے اسے تو میرے من کی خبر ہی نہیں ہے پھر بھی مجھے یہ اچھا ہی بتا رہا ہے۔"

جانے وہ کیا کیا بولتی چلی گئی میری سوچ سے کہیں زیادہ اس کے لفظوں کی پرواز ہے۔۔۔ میں کچھ جواب دیئے بنا اس کی قربت سے دور ہو گیا۔۔۔۔۔۔۔

اس کا جملہ مجھے بار بار پریشان کر رہا تھا" ہاں لیکن کسی کی طرح بننے سے کچھ نہیں ہوتا اپنا اصل روپ تو کسی بھی وقت واپس ابھر ہی آتا ہے۔"

کیا وہ سچ کہہ رہی ہے؟ کیا واقعی جو کچھ میں کر رہا تھا صرف وقتی ہے؟ کیا ایسا ممکن ہے کہ آدمی کسی کی خواہش پر خود ہی کو بدل ڈالے؟۔ سوال در سوالوں نے مجھے چاروں

طرف سے گھیر لیا۔۔ سوچ کی رفتار بھی روشنی کی رفتار تک جا پہنچی مگر روشنی مدھم ہونے لگی۔ وہ راستہ جس پر میں اپنے آپ کو چلا رہا ہوں وہاں سے زمین کی کشش ثقل اچانک ختم ہونے لگی تھی۔ شاید یہی وجہ تھی کہ میں فضا میں تیر رہا تھا اپنی مرضی سے نہیں، حالات کی مرضی سے۔۔۔ ہوا کے شانے پر ڈول رہا تھا۔۔۔ زمین پر پاوں ٹکانے کے لیے زمینی قوت کو پھر سے اپنا اثر دکھانا ہوگا لیکن اس وقت مایوسی کی قوت دوسری تمام قوت پر قابض ہو چکی تھی۔۔۔۔۔۔ مجھے لگ رہا ہے تھا وہ ٹھیک ہی تو کہہ رہی ہے کسی کی طرح بننا آسان نہیں اور کسی بھی وقت اپنا اصل روپ واپس بھی تو آسکتا ہے۔۔۔ سچ ہے بند مٹھی کب تک بند رہے گی۔۔۔ کبھی نہ کبھی تو کھولنا ہی پڑے گا اس بند مٹھی کو۔۔۔۔۔۔۔

میں جہاں پہلے تھا وہیں لوٹ آیا۔۔ ٹھیک ہے وہ نہیں چاہتی تو کوئی بات نہیں میں نے خود سے وعدہ لیا کہ اب خالہ کے گھر آنا جانا بند کر دوں گا۔ مزید کسی مشکل میں نہ میں اس کو ڈالنا چاہتا تھا اور نہ ہی خود کو۔۔۔۔۔ ٹھیک ہے میں نے اس سے محبت کی۔۔ اب وہ نہیں میری محبت کو پہچانتی تو میرا اس پر کیا زور و دعوی۔۔۔

پھر میں نے سب کچھ بھلا دیا اور اس طرف اس گلی میں جانا بھی چھوڑ دیا۔ چھ مہینے گزر گئے لوگوں کا خیال تھا کہ وقت تو پر لگے اڑا جا رہا ہے لیکن کوئی مجھ سے پوچھے یہ چھ مہینے کیسے گزرے۔ پر حیرت ہے کہ گزر ہی گئے۔ آج میں اپنے کمرے میں بیٹھا کچھ پڑھ رہا تھا کہ میرے دروازے پر ہلکی سی دستک ہوئی۔ میں سمجھا ہو نہ ہو یہ ریشو ہوگی، چھوٹی بہن وہی دستک دے کر میرے کمرے میں آتی ہے۔ میں نے آواز دی

"آجاو ریشو کیا بات ہے۔"

دروازہ کھلا اور اندر آنے والے کو دیکھ کر میں حیران رہ گیا۔ میری بنت ام۔۔۔ جو کبھی میری چاہت رہی تھی، وہ میرے سامنے کھڑی ہے۔۔۔

"آپ آپ۔۔۔۔ آپ کب آئیں۔"

"جی ہمیں تو آئے ہوئے کافی وقت ہو گیا۔ خالہ امی نے بتایا کہ آپ اپنے کمرے میں ہیں تو آپ سے ملنے چلی آئی۔"

"جی بہت شکریہ۔ تشریف رکھیں۔"

میں نے خالی کرسی کی طرف اشارہ کرتے ہوئے کہا۔

"نہیں میں بیٹھنے نہیں آئی۔ میں پوچھنا چاہ رہی تھی کہ آپ نے ہمارے یہاں آنا جانا کیوں چھوڑ دیا ہے۔"

"جی کیا کروں گا اس گلی میں جا کر جہاں کے مکین ہمیں پسند ہی نہیں کرتے۔"

میں بھی آج بے دھڑک کہہ گیا۔

"دیکھئیے آپ مجھے غلط سمجھیں یا درست میں نے اپنی امی کو بھی بتا دیا ہے کہ میرا رجحان مخالف جنس پر نہیں ہم جنس پر ہے۔۔ میری ایک سہیلی بھی ہے۔"

وہ ہمیشہ کی طرح اپنی بات بیباکی سے کہتے ہوئے کمرے سے نکل گئ۔

میں اپنے سیدھے ہاتھ کی بند مٹھی کو غور سے دیکھ رہا تھا جو اس کی بات سن کر مزید سختی سے بند ہو گئی تھی۔

(۹) سینے سے جھانکتا دل

کام کے بعد منگل کی شام جب میں دفتر سے نکلا تو تھوڑی سی بوندا باندی ہو رہی تھی۔ دفتر سے گھر اور گھر سے دفتر کے لیے بھلا کون ہے جو موسم کے اپنے من پسند ہونے کا انتظار کرتا ہے اور میں بھی آج کے تھکے ہارے دن کے گزرنے کے بعد اس موسم کے بہتر ہونے کا انتظار بھلا کیا کرتا اسی لیے اس کی پرواہ کیے بغیر میں نے اپنے چہرے پر جیکٹ کی ٹوپی نیچی کرتے ہوئے اس ٹپکتے شہر کی شاہراہ پر چلنا شروع کر دیا۔۔۔ اچانک بارش نے پینترا بدلا اور خوب تیز شروع ہو گئی۔

ہر جگہ راہگیر بارش سے بھاگ رہے تھے یا اپنی اپنی چھتریوں میں چھپنے کی کوششوں میں مصروف نظر آ رہے تھے۔ کچھ آوارہ نوجوان بے فکری سے جیسے بارش کے خلاف بغاوت بلند کیے پانی سے کھیلتے سڑک پر بچھی تارکول کی سیاہ گیلی قالین پر جانے کیا کیا بکتے اور ہاتھ میں بئیر کی بوتل لیے مست جھومتے چلے جا رہے تھے۔

اس دن بھی سبھی کچھ اس شہر میں تقریباً معمول کے مطابق ہی تھا۔ سارے لوگ دوسرے چلنے والوں سے بالکل بے پرواہ کوئی اپنے اوپری جسم کے لباس کو بارش سے بچا رہا تھا تو کچھ لباس کے نچلے حصے کو بچانے کے لیے ٹانگوں کو بہت احتیاط سے اُٹھا رہا تھا، کسی کو یہ فکر نہیں تھی کہ میرے پاس سے گزرنے والا یا گزرنے والی کون ہے اور اسی راستے سے کیوں گزر رہا ہے یا گزر رہی ہے یا بارش میں رُک کر کہیں کوئی جگہ بچنے کی تلاش کیوں نہیں کرتا یا کرتی ہے۔

"یہ میں بھی تو کر سکتا ہوں۔"

میں خود سے بڑبڑایا۔ ابھی میں یہ سوچ ہی رہا تھا کہ قریب سے گزرنے والی ایک کار نے برستے بارش کو میرے پورے وجود پر برساتے ہوئے یہ جا وہ جا ہو گئی۔ میں غصے میں بھی آتا تو اُس کار والے کو کیا فرق پڑنا تھا اس لیے میں نے جیکٹ پر لگے کار کے ٹائیر سے نکلنے والی گندگی کو دور کرنے کے لیے خود کو اُس سے آزاد کیا اور یوں جیکٹ کی ٹوپی بھی مجھ سے دور ہو گئی اور تیز ہونے والی بارش میرے جسم کی جلد کے سارے سوراخوں سے اندر جا کر مجھے بھگونے لگی۔

اب میں مزید بے فکر ہو کر انہی نوجوانوں کی طرح پانی کے بننے والے بڑے بڑے کھڈوں میں سے بہت آرام سے گزر رہا تھا۔ بارش اتنی زیادہ تھی کہ سڑکیں بھی ندیاں بنتی جا رہی تھیں۔ پانی میرے جوتوں میں اور میرے کپڑوں کی تمام تہوں میں داخل ہو چکا تھا ۔ اب ایسا لگ رہا تھا جیسے میرے وجود ہی سے بارش ہو رہی ہے۔

مجھے ایسا پہلی بار محسوس نہیں ہوا تھا۔ کیونکہ یہ تو اس شہر میں اکثر ہی ہوتا تھا۔ بارش اور بارش کا مختلف شور، جیسے ایک مدھم سی دھڑکن -- میں تقریباً گھر کے بہت قریب آ چکا تھا کہ اچانک ایک خاتون میری گلی کے نکڑ سے مڑی چونکہ وہ اپنی چھتری کھول رہی تھی اس لیے مجھے نہ دیکھ سکی اور ہم ایک دوسرے سے ٹکرا گئے۔ اُس کی نظر بتا رہی تھی کہ اسے احساس ہو گیا ہے کہ کیا ہوا ہے تب ہی غصے کی لہر بھی اُس کے چہرے پر اُبھر آئی تھی۔ اُس نے میری طرف اور میں نے اُس کی طرف دیکھا لیکن اُس نے مجھے دیکھتے ہی اپنے چہرے کا تاثر تبدیل کرتے ہوئے مجھ سے کہا۔

"ارے آپ تو بہت گیلے ہو چکے ہیں، میں آپ کے کپڑوں سے آپ کا دل دیکھ سکتی ہوں!"

اُس کے اس اچانک اور بیساختہ جملے پر میرا ردعمل عجیب و غریب ہی تھا اور میں سچ مچ اپنا سر نیچے کر کے دیکھنے لگا کہ کیا واقعی میرا دل نظر آرہا ہے؟ میرے اس عمل پر اُس نے زوردار قہقہہ لگایا اور میں شرمندہ شرمندہ بس اُسے ایک بے تکا سا جواب ہی دے پایا۔

"اچھا!! میرا دل آپ نے دیکھ لیا۔ آپ کے اس جملے سے مجھے آج پتہ چلا ہے کہ میرا ابھی دل ہے جو کوئی دیکھ سکتا ہے۔"

میرے جواب کو نظر انداز کرتے ہوئے وہ بولی

"کیا آپ اپنا دل مجھے دے سکتے ہیں؟"

میں ساکت و جامد کھڑا تھا۔ جیسے بارش میں بھیگ کر برف بن چکا ہوں۔ میں وہ کون ہے؟ کیا چاہتی ہے؟ کیا وہ مذاق کر رہی ہے؟ اسی الجھن کا شکار اپنی زبان گُنگ کر چکا تھا۔ وہ پھر بولی

"دیکھیں میں جلدی میں ہوں میرے پاس وقت نہیں ہے ویسے بھی:

chance come but once

یہ کہتے ہوئے اُس نے ایک خوبصورت سی مسکراہٹ میری طرف اُچھالی اور اپنی چھتری کو مکمل کھول لینے کے بعد آگے بڑھ گئی اور میری نظروں سے اوجھل ہونے لگی۔

میں ابتک اس ہونے والے واقعہ میں ہی اُلجھا ہوا تھا اور وہ دور ہوتی جارہی تھی۔ اچانک میری زبان کو جیسے بولنے کی طاقت مل گئی تھی میں نے آواز لگائی

"ہیلو ہیلو سُنیے ہیلو۔۔۔"

بارش کے شور میں میری آواز کہیں گُم ہوگئی اور وہ نظروں سے اوجھل۔۔

* * *